黒鉄の魔法使い 5

海魔襲来

迷井豆腐

CONTENTS

KUROGANE NO MAHOUTSUKAI

第一章　引っ越し　3
第二章　大八魔　45
第三章　扉の守護者　70
第四章　勇者選考会　140
第五章　海魔　197
特別編　ネルの秘密　297

イラスト／にゅむ

第一章　引っ越し

——修行23日目。

「……師匠、何をされているんですか？」

「罰ゲ、いや、今度のネルとの、その、な……」

　卒業祭が終わって、ディアーナへと帰って来た翌日。俺は机に向かい、ああでもないこうでもないと頭を悩ませていた。この悩みを生み出す切っ掛けとなったのは、昨日の鬼ごっこだ。1時間遅れて出発するネルとの勝負となるこのデスレース、生還した者は少なかった。

　そもそものところ、逃げる俺と悠那（はるな）と刀子（とうこ）の3人のうち、誰か1人でも捕まればペナルティは俺に来る事になっていたのだ。その内容は捕まった人数毎（ごと）に重くなり、より非道なものへとなっていく。だからこそ、1人だって捕まる訳にはいかなかった。表向きは一目散に逃げつつも、ネルの手が届かない安全圏から悠那と刀子をフォローする。そのつもりで作戦を立てていたんだ。

　始めのうちはさ、全員予想以上に良いペースで走れていたんだ。悠那はドッガン杖（じょう）を魔法で軽くしていたし、刀子は根性と根性と根性で何とかしていた。ネルがスタートを切った後も、何ら問題なく走り続けていた。そう、俺達には何の落ち度もなかったんだ……

何があったかというと、ネルの奴が当初の予定とは異なり本気の本気で、マジになって追っかけて来やがった。逃亡中、後方から迫り来る麗しき暴れ竜は、ジェットエンジンでも搭載してんのかと文句を言いたくなるような轟音を吹かし、俺達を酷く青ざめさせた。耳からの情報もそうだが、周りの温度まで段々と暑くなってくるもんだから、体感的にも鬼が近付いている事が分かってしまう。

担がれてる千奈津の安否も心配だったが、まずは自分の心配。このままでは2人とも捕まってしまい、結果的に俺の罰が重くなる。俺はその場から反転して、逃げる悠那達とネルの間に立ち塞がり、可能な限りの邪魔立てをしたのであった。しかし、いくら千奈津を担いでいるネルとはいえ、俺だってゴブ男を背負っていたんだ。突破力にスキル構成が突貫しているネルを相手に、そう長い時間足止めできる筈もなく、俺はあえなくタッチをされて御用に。

その後には道中で倒れている刀子を発見。どうやら真夏並みに気温が上昇する中、全身鎧姿で全力疾走！　という無茶を続けて倒れてしまったらしい。千奈津と逆側の腕に抱えられていた俺は直ぐに回復を施し、刀子復活——が、俺と同様に捕らえられ、刀子はネルの背中にしがみ付く形でドッキング。ネルは俺を含めた3人を、その身に乗せた状態で走り出した。

既に2人が捕まり、この上悠那まで捕らえられては目も当てられない。俺は密かに自身とネル達の体重をグラヴィでガンガン重くしていって、最後の抵抗。最終的にネルは、ドッガン杖を人数分背負って走るのとほぼ同じ状況となり、その甲斐あってか悠那だけはギリギリのところで逃げ果せたのであった。全く、弟子を相手に本気を出すとは大人気ない奴である。

しかしながら、犠牲者を2人に止めたところで、俺へ科せられるペナルティがなくなる訳ではない。俺と刀子が捕まったので、2段階目の罰ゲームがお出迎え。ネルが提示したそれが実に俺の頭を悩ますもので、こうして今も机に噛り付いている事態に繋がっている。

「えっと……お出かけの予定表、ですか？」

紙に書き殴った文字を見て、悠那が首を傾げた。

「……まあ、そんなところだ」

お出かけはお出かけでも、死の可能性を伴うお出かけだけどな。これ、所謂デートプランである。勿論、お相手はネルだ。なぜかあいつは罰ゲームに『私を満足させるデートをする事』、なんてものを潜り込ませていて、笑顔でこれをやれと命令してきたのだ。その後に『満足させなかったら――分かってるわね？』と、更に意味深な笑顔。どうやら不満の1つでも出してしまったら、俺は灰となって死んでしまうらしい。プロポーズの時もそうだったけど、あいつはデッドオアアライブしか選択肢が出せないのだろうか？　それと自分とのデートを罰ゲームにしてしまっている事実に、果たして気付いているのだろうか？

んー、それにしてもデート、デートなぁ……思えば、ネルと2人で行動する事は多々あっても、それっぽい事はあまりしてこなかった気がする。大抵は血生臭い戦いであったり、危険あり野宿ありの冒険だったり、精々が人が絶対に入らないであろう秘境での絶景見物、後は酒の入った状態でのやんややんや。冒険者をしていた頃は2人で買い物とかもしたものだが、あれは恋人というよりは保護者としての立ち位置だったし……あれ？　俺達、何か色々と大切な事をすっ飛ばしてる？

「むっ、何か桃色オーラ的なものを感じましたっ！」

突如、食後のエクササイズをしていたリリィが飛び上がった。何を感じたのかは言わないでおく。だが、まずいな。このままではリリィが認識する恋人と、同レベルの付き合いしかしていない事になる。こんな奴と同レベルというのは頂けない。流石に悲しい。大八魔と同レベルと言い換えれば凄そうだが、現実はそこまで甘くない。

ネルの案にのっかる訳じゃないが、折角の脱却のチャンスだ。結婚を前に、こういった想い出を作っておくのも悪くないだろう。是非とも有意義に過ごしたい。しかし、しかしだ――ネルが満足するデートって、一体何なん？

「師匠、お出かけするなら、移動がてらにランニングを取り入れてはどうですか？　ランチバスケットを持って！」

これがデートなのだと分かっているのか、それとも鍛錬の一環として認識しているのか、実に悠那らしい案を出してくれた。ランチバスケットの中身がカオスになりそうだね。まあ、悠那を相手にするのなら、正にこの案はピッタリのものだろう。ネルが相手なら、恐らく俺は――

「――焦げるな」

「こ、焦がしませんよ！　ちゃんと調理しますもんっ！」

実際ネルはアウトドア派で、ありっちゃありな気もするんだが、変なところであいつは乙女だからな。自ら申し出たデートの内容にするには、些か浮いた雰囲気が足りない気がする。

「あっ、お出かけのお話ですか？　ご主人様、リリィはですねぇ――」

リリィ案は聞くに値しないだろう。文字に起こす事もはばかられる。そんなに俺を殺したいのか、お前。うーん……思い切って刀子に聞いてみるか？　でもなぁ、あいつ見た目がヤンキーな感じで、尚且つかなり野性が入ってるからなぁ……

「やっぱり、困った時はあそこに行くか」

「――それで、ここに来たんですか？」

「当然だろ」

扉の外で小さく揺れる、千奈津のお悩み相談所の看板。今日も今日とて盛況のようで、それなりに並んで待たされてしまった。

「ええっと……行き成りデートプランを考えろと言われましても、私だってその、経験のない事ですし……」

「それは前のファンレター云々の話で把握してる。それでも、千奈津ならやってくれると俺は信じているんだ！　ほら、ネルの弟子、それも同性って時点で建設的な意見が聞けそうだし」

「嬉しくない信頼のされ方ですね……それにしても、師匠を満足ですか。デリスさんなら、何をされても喜ばれると思いますよ？」

「え？」

千奈津の予想外の言葉に、俺は思わず聞き返してしまった。

「たぶんですけど、師匠がしてほしいのはデリスさんに考えて、想ってもらう事です。その結果がどうであれ、気持ちさえ籠っていれば大変満足されると思います。満足させるか

死ぬかって話がありましたけど、師匠がデリスさんを殺す訳がありません。詰まる所、最初から満足するつもりなんです。あ、でも、あまりに的外れなのはNGですけどね」

「……マジで？」

「9割方そうだと思いますよ。師匠って、見た目よりも素直で可愛らしい性格ですもん。ですから、人に頼らず自分で考えてくださいね。それでは次の方ー」

さ、席を立てと追い返されてしまった。何というスピード解決。振り向けば、相談所の部屋に入ってきたカノンとご対面。出会い頭にギョッとされたが、今はそんな事などどうでもいい。うん、帰って気軽に考えてみよう。

千奈津神からの神託を受けた俺は、帰り道の道中でこれからの予定を組み立てながら帰宅した。帰りの山道がそれなりに長いってのが良い方向に転んで、何とか考えが纏まりそうだ。家の前にまで到着すると、ハルがドッガン杖を肩に置いてスクワットをしていた。バーベル代わりかよ。
「精が出るな」
「あ、師匠！　お帰りなさい！」

バーベルを、否、ドッガン杖を降ろして笑顔のまま汗を拭うハル。実に爽やかなアスリートである。しかし、この世界で相変わらずのジャージ姿なのはどうかと思う。

「リリィはどうした？」

「中で刀子ちゃんと腕相撲してますよ」

「刀子も来てたか。ってか、女子が2人集まって腕相撲って……ハルはやらないのか？　お前なら、率先して参加しそうなもんだけど？」

「いえ、実は一戦だけもうやってまして、散々な結果に……ですが、その一戦でリリィ先輩との実力の差を再確認しました。私はまだまだ、リリィ先輩と戦える領域にまで達していません！　もっともっと鍛え直して、改めて再戦を申し入れようと思います！」

「ほう……」

　勝ち目ゼロの相手に勝つまで突っ込むんじゃなくて、まずは勝てる自分を作る方に本気を注ぎ込む事にしたのか。うん、前よりも考え方が柔軟になってるかもな。これも千奈津に負けた影響だろうか？　流石は千奈津神だ。無神教の俺も、今日ばかりは君を崇めるとしよう。ありがたや、ありがたや。

「そういえば、引っ越しの準備はどうします？　荷造りとかは、できるだけ早いうちにやった方が良いと思いますけど」

「ん？　ああ、それなんだけどな……明日には引っ越そうか」

「……ふぇ？」

ハルが途端に固まってしまった。おい。

「い、いやいや！　いくら何でも明日だなんて、準備が間に合いませんよ!?　――ハッ！　もしや、師匠は私の荷造りっぷりに期待してくれているっ!?　ここで本気を出さずして、いつ出すのかとっ!?」

「違ぇよ、勝手に燃え上がるな。ハルの方では引っ越しの準備はしなくて大丈夫だ。全部俺がやっておくからさ」

「し、師匠がっ!?」

「そう、俺が。ただ、それなりに気力を削ぐから、その時間は先にネルの屋敷に行っててくれ。リリィも邪魔だから、ちゃんと連れていってくれよ？　荷物諸々移動も含めて、俺が後で持ってくから」

「し、師匠がっ!?」

しつけぇ。

「師匠を疑う訳じゃないですけど、本当に良いんですか……？　だって、師匠の家事能力は本気で死滅していますし……」

「人はな、それを疑っていると言うんだ。本気で大丈夫だから安心しろ。じゃ、そんな感じで明日はよろしく頼む」

「は、はーい！」

未だ(いま)驚愕(きょうがく)するのが抑えられないのか、ハルは顎に手を当てながら巨大な疑問符を頭上に浮かべていた。まあ、明日になれば俺の実力を思い知る事になるだろう。偉大なる師匠に平伏(ひれふ)すがいい、ふはは。

「で、この熱気は何だろうな」

ガチャリと家の扉を開けて中に入ろうとするも、外に比べて中が大分暑くなっていた。確かハルの話じゃ、中でリリィと刀子(とうこ)が腕相撲をして――

「くふふー。どうしたどうした、そんなものなんですかねぇ？　私は指2本なんですよ～？」

「くっそ！　相手がリリィ師匠とはいえ、こんなハンデ戦で負けてられるかっ！」

「ちょっと、その状態(ベルセルク)で力いっぱい握られたら、単純に痛いだけってイダダダッ！」

――いたんだったなぁ。話の通り、2人は居間のテーブルを使って腕相撲に興じていた。

リリィはその余裕からか、腕相撲に使うのは人差し指と中指のみ。更にはわざと負けそうになるのを演じたり、ギリギリのところで巻き返したりと、その性格の悪さを前面に出しての勝負方法を取っている。

一方の刀子は鬼の形相、そして体を傾けてまで全力を出して抵抗している。ハルと違って意地でも勝ちたいらしいこいつが、部屋の気温をここまで高くしている原因だろう。リリィの煽りがあってかベルセルクも全開で、最早理性が見られない。

「せめて窓を開けとけよ。あと、テーブル壊すなよ？」

「えっ、ご主人様っ!?」

「――っ！　隙ありぃいってぇ――――！」

俺の声に反応したリリィ、そしてその隙を突こうとした刀子であるが、逆に腕を物凄い勢いで倒されてしまった。ああ、言った傍から、我が家のテーブルに刀子の腕がめり込んでおられる……

「ふ、ふふっ……隙があったのは、俺の方だった訳、だ……（がくっ）」

ベルセルクの切れた刀子が、遺言を残して気絶する。今の腕相撲で力を出し尽くしてしまい、もう起き上がる力も残っていないらしい。

「もう、ご主人様ったら。急に、いえ、颯爽と現れるんですもん！　驚いちゃいましたよ～。もしかして、私に会いに来てくれたんですか？」

「……ああ、お前に用もあったんだけどさ。その前に、もう1つ用件ができた」

「何です何です？　変装暗殺ハニートラップから犬の世話まで、あらゆる面を手厚くサポートするこのパーフェクトメイド長にお任せあれ！」

「この壊したテーブル担いで山下りて処分して、街で新しいテーブル買って来てくれ。勿論、ちゃんと担いで来いな。はい、お金」

「や、やだなぁ、ご主人様。明日ネルの屋敷に引っ越すなら、もう家具は必要ないんじゃ――」

「――はい、お金」

「は、はい……」

◇　◇　◇

リリィが新品のテーブルを買って来た、その夜。毎日のお楽しみ、ハルお手製の夕飯を口にしながら、これからの予定について話し合う。

「はぁー、明日には引っ越しですか？　随分と急ですねぇ～。ズズッ」

「この家ともお別れか～。寂しくなるな～。ズズッ」

ハルが打った麺を器用にすするリリィと、なぜか夕飯を共にして麺をすする刀子がそんな事を口にする。ハルと違って引っ越しに伴う労力を全く考えていない辺り、やはり駄メイドである。

「刀子、お前の方は準備進んでいるのか？　前に何人かを連れ出すとか言ってただろ？」

「心配すんなって！　よく分からねぇけどよ、帰ってからヨーゼフのじーさんも協力的なんだよ。いざとなったら夜逃げでもするつもりだったけど、この分だと城の正門から堂々と出て行けそうだぜ！」

「へえ、不思議な事もあるもんだな」

ふんふん、今のところは約束を守ってくれているようだ。

「前に決めた場所の住み心地はどんなもんだ？」

「快適っすよ！　風呂もあるし、マジックアイテム様様って感じだな。今は俺1人だから、ちょっと広過ぎるくらいっす！」

刀子は今、城を離れて街に住んでいる。前に城から離脱する女子云々の話をされた時に決めた、大人数が住める移住先だ。もし卒業祭でハルが勝っていたら、ネルの屋敷にでも住ませようかとも思っていたんだが、まあこればかりは仕方ない。

「えっと、明日の確認ですけど、私とゴブ男君、リリィ先輩はネルさんの屋敷に手ぶらで行って良いんですよね？」

「ゴブ？」

「ああ、それで構わないよ。そうだな……簡単に昼飯を済ませて、午後一に出発してくれれば大丈夫だ。ネルの屋敷で茶でもすすって待ってろ。ズズッ」

「了解です！　師匠を信じますね！　ズズッ」

「ゴブッ！　ズズッ」

しかし美味いな、この麵。

——修行23日目、終了。

◇　◇　◇

——修行24日目。

ネル邸への引っ越し当日、その昼過ぎ。午前の内にいつも以上に丁寧な掃除をしていたハルとゴブ男に、寝坊して起きて来やがったリリィが外に出て、一足先にネルの屋敷へと向かおうとしていた。

「それでは師匠、お昼ご飯のおにぎりの包みはテーブルに置いておきましたから、しっかり食べて腹ごしらえをしてくださいね」

「ゴブー」

「ああ、ありがたく頂くよ。リリィも寝惚けてないで、シャキシャキ歩けよ?」

「ふあ……?　だ、大丈夫ですよ。ご主人様ったら心配性なんですから～」

駄々漏れの欠伸を手で隠しながら、何とか取り繕おうとするリリィ。

「昨日の重労働に比べれば、手ぶらな状態ですし楽勝ですよ～。でも、そんなに心配してくださるなら、リリィはご主人様とここに留まる所存ですぅ」

「よし、引きずってでも連れて行ってくれ。頼んだぞ、ハルにゴブ男！」

「はい！」

「ゴブ！」

「ちょ、ちょっとハルちゃん達!?　本当に引きずるように引っ張んなくても、ちゃんと歩く、歩くからぁ！」

　あからさまに不安な発言を喚き散らしながら、リリィがハル達に連れられて下山して行く。さて、集中力を切らす邪魔者も排除した事だし、こっちもぱっぱとやっちゃいますかね。まずは家の中を確認してみよう。

　引っ越しは俺に任せろと大言を吐いたものの、今の今まで特に準備は何もしていない。午前中に掃除を頑張ってくれたお蔭で、いつも以上にピカピカではあるのだが、家の中の家具や小物はそのままだし、ハルが使っている調理器具だって台所の定位置だ。その事にハルは不思議に思っていただろうが、昨日のあれ以降はとやかく心配される事もなかった。詰まりそれは、俺に対する期待と信頼の表れだ。ハルを裏切らない為にも、師匠らしく応えないとなるまいて。

「問題はどこからどこまで持っていくか、だな」

　ハルが用意してくれたおにぎり（卵焼き入り）を頬張りながら外に出て、俺は家の周囲をグルグルと回るのであった。

デリスの家を出発した悠那(はるな)達は慣れた足取りで街へと下り、ネルの屋敷へと息も切らさずに到着する。わざわざ待っていてくれたのか、屋敷の外門前にはネルと2人の使用人が立っていた。

◇　◇　◇

「いらっしゃい、ハルナにゴブオ。歓迎するわ。あ、もうお帰りなさいになるのかしらね。ふふっ」

「今日からよろしくお願いします、ネルさん！」

「ゴブゴブ！」

「ちょっと！　今わざと私の名前を飛ばしやがりましたね、ネル！」

「あー、駄メイドもいたのね。貴女(あなた)の家は特別に用意していたの。ほら、あそこ」

「と、特別に……？」

門の出入り口からすぐ横にあるとある場所、ネルはリリィにそこを示してやった。そこには腰ほどの高さの小さな小屋（？）があって、人が通れる程度の穴が開けられている。その穴の上には日曜大工で作ったような看板が飾られており、『リリィヴィアのおうち』と彫られていていて。

「ただの犬小屋じゃないのっ！」

「え、犬じゃなかったの？」

「せめて可愛らしい兎さんにしなさいよ！　私にだってプライドがあるのよ！」

「アンタ、前に私が焼いた兎の肉をバクバク食べていたじゃない。あれ、共食いだったの？」

「馬鹿みたいに美味しく焼いちゃうのがいけないんです～。兎派の私だってあれは食べちゃいますわ！　ご馳走様でした！」

「お粗末様。何なら今夜も焼いてあげるわよ」

「ふ、ふん！　気が向いたら食べてあげます。あくまでも、気が向いたら！」

唐突に繰り広げられる高次元な戦いに、悠那とゴブ男は思わず息を飲んだ。

「と、ところでデリスの姿が見えないけど、一緒じゃなかったの？」

いの一番にデリスを出迎えようとしていたネルは、キョロキョロと辺りを見回し、次いで気配を探るような仕草をする。デリスがいないのを確認すると、ちょっと残念そうな表情に。そんなネルが少し可愛くって、悠那は微笑ましい気持ちになった。

「ええ、実はですね――」

かくかくしかじか。

「デリスが荷物を持ってくるの？　あのデリスが、自ら進んで？」

「はい、あの師匠が」

「言ってましたね、あのご主人様が」

「ゴップゴップ！」

「「「……」」」

一同は考える。そして、その考えが行き着く先は同じ答えだった。何か企んでいるな、と。意見が一致する辺り、ある意味でデリスは信頼されていると言えるのかもしれない。

「ま、まあ今更な感じもするし、来るまで待ってましょうか。お茶と菓子でも出させるから、まずは入って頂戴」

「お邪魔しまーす」

悠那の荷物は各装備とウエストポーチくらいなもので、邪魔になるようなものは何もない。その足で屋敷の庭を一望する事ができるテラスまで行き、ゆっくりとデリスが到着するのを待つのであった。そして、テラスの椅子に腰かけて1時間ほどが経つ。まず、異変に気が付いたのはネルだった。

「……あれ、雨雲かしら？」

「えっ？」

遠くの空に、靄の掛かったような黒い塊が浮いていたのだ。最初は雨雲か何かだと思ったが、よくよく見れば少し違う。うっすらとだが、形は正方形。そしてそれは徐々に徐々に屋敷に近づいていて、遂には街中の空にまで到達していた。だというのに、街では何の騒ぎにもなっていない。どうやら謎の黒い物体には特殊な迷彩が施されているようで、魔力の流れに敏感な者にしか見えていないようだ。

「もしかしたら？　いや、でも……」

「ハルナ、もうすぐそこにまで来ているんだから、素直に認めなさい。どう考えたって、デリスの仕業でしょうが」

「ですよねー」

ついさっきまで警戒していたネルであったが、デリスの気配を感じ取ったのか、もう席に座って優雅に紅茶を飲み始めていた。移動し続ける黒の塊まで、距離はそうないだろう。大きさはかなりのもので、一般的な家くらいならすっぽりと入ってしまいそうである。そう、一般的な家くらいならば。

「……家？」

「そうねぇ。あれくらいのサイズなら、家くらいは入りそうねぇ」

「……」

「ゴブ……」

何気なく呟いた悠那の一言が核心を突いてしまったようで、だからといってどうする事もできず。ムスッとした表情になってしまったネルを含めた一同は、デリスの到着を待った。大よその居場所はあの物体を見れば一目瞭然、大通りを通って、角を曲がって、直進して——

「よ、ネル。引っ越しに来たぞ！　ところでさ、空いてるスペースどっかない？」

屋敷の外門から現れたデリス。その瞬間に黒の塊は闇を晴らして、中から悠那達の住み慣れた家が出現。世にも奇妙な空に浮かぶ家（地面付き）が、新たな居場所を求めて辺りを見回しているようだった。

「……デリス、ちょっと話があるの。そこに座りなさい」

「悪いけどさ、その前にこれの置き場所を提供してくれるとありがたいんだが？」

「そこに、座れ」

「あ、はい……」

地面に正座させられたデリスは、家を宙に浮かばせたまま小一時間のお説教を受けるのであった。

大人しくネルのお叱りを受け始めてから、1時間ほどが経っただろうか。直接的な武力介入も視野に入れて覚悟を決めて来たんだが、そこは愛の為す力があったんだろう。暴力

に訴えられる事はなかった。まあ、その代わりに足が死んだんだが。

「師匠、流石にそれはやり過ぎだと思います」

「そう？　私はロマンがあって良いと思うけどな。空を飛ぶ家とか、メルヘンチックで素敵じゃない？」

「全然素敵じゃないし、メルヘンから一番遠い存在が口にしていい言葉じゃないわよ。ほら、デリスもいつまでも倒れてないで、起き上がりなさい」

「ちょ、ちょっと待って。足がやばいの、とってもやばいの……」

リアルに正座をぶっ続けでやった時の苦しみをご存知だろうか？　俺は今知った。それも、常時マイホームを宙に浮かしながら、整地されていない砂利の上での苦しみである。一思いに殺してくれなくて、なぶり殺しにされるイメージって言うのかな。だが、これもネルの愛だと思えば――いや、ちょっと考えてしまう。

「デリス、3秒だけ待ってあげるから、早く」

「わ、分かったって。だから、笑顔で語尾を強めるのは止めてくれ……」

光魔法で自力で足を回復させ、懸命に立ち上がる俺。生まれたての子鹿なんかは目じゃない、完全なる直立不動の構えである。

「はぁ……まあ、持って来ちゃったものは仕方ないわね。裏庭の一角に空き地があるから、そこに置いて頂戴。それで構わないかしら？」

「構わない構わない！　本当にありがとうございます！」

「それで、この家に住むの？」

「し、仕事場的な立ち位置で見て頂ければ……」

「……そう。普段の生活は私の屋敷で送りなさいよ」

罰を与えた後のネルは、何だかんだといって押しに弱い。いやはや、半殺しを覚悟して家を持ってきた甲斐があったってもんだ。

「あ、そうだ。折角だし、その家は仕事場兼リリィ小屋にしたら？　それなら家も無駄にならないし、敷地内には入れちゃう事になるけど、屋敷の部屋を貸さないで済むわ」

「ちょっと、小屋とは何ですかっ！　抗議しますよっ！」

「その手があったか……！」

「ご主人様!?」

「まあ聞け、リリィ。俺達はお前の類稀なるメイドスキルを信頼して、俺の古巣を任せようとしているんだ。勝手知ったるこの家を、屋敷の使用人に任せる訳にはいかないだろう？」

「た、確かに……！　それに、仕事場でご主人様を迎えるメイドという立場は結構美味しいですね。愛人の地位を確立しやすそうですし」

「「ちょっと待て」」

話し合いの結果、リリィを仕事場専用のメイド長に任命する事で、この話は纏まった。とは言っても、実際に清掃管理するのはハルとゴブ男の仕事で、これまでと役割はそう変わらない。間違いだって起こらないだろう。というか、起こさない。

さて、家の持ち込みのお許しが出たところで、まずすべきは設置である。ネルの先導で裏庭まで案内され、俺は宙に浮かばせた家を懸命に運ぶ。運ぶったら運ぶ。

「師匠、これも魔法で浮かばせているんですか？」

ハルは家を浮かばせている魔法に興味があるようで、話が落ち着いたこの頃合いを見計らって質問してきた。屋敷に到着した時から、若干そんな様子だったもんな。

「まあな、闇魔法の一種だ。この系統の魔法は死体を操ったり、毒を撒き散らしたりで気味悪がられる事も多いけどさ、最も有用なのは重力や空間に作用できる点なんだ。ハルだって、今までの戦闘で世話になっただろ？」

「はい！　ドッガン杖を使う時なんて、お世話になりっぱなしです！」

「闇魔法系統を極めれば、いつかはこの魔法も使えるようになるさ。ま、ハルは千奈津に比べてそっちの伸びは正直……なところがあるから、まだまだ先の話になるだろうけどな」

「こ、これでも頑張ってるんですよ……」

途端にしょぼくれるハル。あ、そういえば、最近ハルのステータスを確認してなかったな。『無冠の師弟』でちょちょいと覗き見。

桂城悠那　16歳　女　人間
職業：魔法使いＬＶ６
ＨＰ：２５２０／２５２０
ＭＰ：９５０／９５０（＋２５０）
筋力：１３９７　耐久：５０３　敏捷：６８５　魔力：７２０（＋１５０）
知力：１４１　器用：９４５　幸運：２８４
スキルスロット
◇格闘術ＬＶ１００
　└格闘王ＬＶ36
◆闇魔法ＬＶ１００
　└闇黒魔法ＬＶ20
◆杖術ＬＶ１００
　└杖王ＬＶ58
◇快眠ＬＶ57
◇回避ＬＶ１００

「脱兎（だっと）ＬＶ26
◇投擲（とうてき）ＬＶ100
「投岩ＬＶ60
◆魔力察知ＬＶ73
◇強肩ＬＶ100
「超肩ＬＶ34
◆調理ＬＶ64
◇跳躍ＬＶ50
◇未設定
◇未設定

……レベルが上がってるぅ。ハル君や、またレベルアップを見逃していたね。いや、俺もなんだけどね。最近忙しかったからね。ここは同罪で手を打とうじゃないかね。

「ハル、お前さ、レベル上がってない？」

「え？　——ああっ！」

素っ頓狂な声を出したハルに、皆の視線が集まってしまう。しかし、またスキルを考えないといけないな。俺とネルが出掛ける前に済ませないと、鍛錬によって生まれる経験値がもったいない事になる。

「何よ、レベルが上がったの？　もう？」

「正確には、大分前に上がっていたのを見逃していた、が正しいけどな……」

「大分前って言ったたって、時期的にこの前の卒業祭の最中でしょうよ。ふーん、もうチナツに並んじゃったのね。これはチナツをまた鍛えないと、直(す)ぐに追い付かれちゃうかしら？」

「千奈津神にあまり無理させてやるなよ……」

「チナツシ……何？」

「あ、いや、こっちの話だ。それよりも、家を置いて良いのはあの辺りか？」

「……？　うん、そうね。そこなら日当たりも悪くないし、使用人の邪魔にはならないわ」

危ない危ない。隠れクリスチャンならぬ、隠れチナツチャンの正体がバレるところだった。以後、気を付けないとな。

「地下室も丸ごと持ってきたからな。ちょっとばかし、地面を削らせてもらうぞ」

「もう、本当に遠慮がないわね。好きにしなさいな」

「それじゃ、遠慮なく」

家と一緒に持ってきた地下室を覆う地面分のスペースを確保する為(ため)、空き地に穴を開ける。スコップ片手に作業をしていては日が暮れるので、これも魔法で処理だ。

ここで使うは、かつて——ええと、あいつらの名前何だったっけな？　まあいいや。ここで使うは、かつてハルのクラスメイトだった不良共を処理した便利魔法『ベリアルシェイド』。地面に無形の影を形成して、これに触れるものをグイグイと吸い込み、ゴミ箱へと投げ込んでくれる優れ物である。尤も、命ある者は対象外なので、吸い込む際に部位を切り取って、疑似的に生物のカテゴリーから外す、という流れが発生している。万能なシュレッダーみたいなもんだと思ってくれれば良いだろう。ゴミ箱専門で取り出す事はできないもんだから、ハルのポーチのような使い方はできないのが難点だ。

「危ないから近付くなよー。死ぬぞー」

「ええっ……」

今回使う相手は空き地の土。ベリアルシェイドを発生させて、地面の下へ下へとずいずい。これを持参して来た地面の形に整形して、出来上がった場所に家をはめ込む。そうすれば、ほら——

「——引っ越し完了だな！」

ふっ、引っ越しとは何とお手軽なものなのか。

「何言ってんのよ。生活を送るのは私の屋敷なんだから、日用品の移動とかあるでしょうが」

人にはな、適材適所って素晴らしい言葉があるんだよ。俺の仕事はここで終わったんだよ。

「最終的には投げるのね……」

「……ハル、ゴブ男！」

「あはは、何となく察してました。お屋敷からは近いですし、楽に終わると思います。頑張ろうね、ゴブ男君！」

「ゴブッ！」

「なら、先にうちの使用人に部屋を案内させるわ。はい、デリスはこっちに来なさい。話の続きをするから」

「ふっ、お手柔らかにな」

俺はネルに引きずられて、屋敷へと入って行くのであった。

悠那は使用人に案内され、割り当てられた部屋へと到着した。何人かの使用人に手伝われながら、配置はさて置き、家具や必要品の移動のみは終えたようだ。本来は来客用にと整えられた部屋らしいのだが、この場所だけでもデリス家の私室より随分と広い。こう

いった感覚だけは割と庶民派である悠那は、この広さを目にして逆に落ち着かず、家具を置いても余るであろうスペースをどうしようか考えていた。

「ここ、どう考えても2人用の部屋だよね？　私には広過ぎるかなぁ……」

「ゴブ？」

軍部トップの地位にいるネルの屋敷は考えていた以上に広く、下手に探検でもしたら迷子になってしまいそうなほどだった。家具の悩みは後にするとして、悠那はせめて自分の部屋の位置とその周辺だけでも正確に覚えようと、部屋の外で待機している使用人のお姉さんに声を掛けようとする。

「悠那～！」

「あれっ、千奈津ちゃん？」

その直前に掛けられた声の方向を見ると、駆け足で近づく千奈津を発見。かなり急いでいる様子だ。

「ど、どうしたの、そんなに急いで？」

「はぁ、はぁ……悠那とデリスさんが引っ越してくるのが今日だって聞いたから、早目に仕事を切り上げて来たの。ほら、引っ越しのお手伝いとかしたかったし」

「あ、あー……ええとね、実は、そこまで大きな仕事はなかったりしまして……」

「へ？」

かくかくしかじか、これこれうまうま。

「家ごと、持って来たの……!?」

呆れと驚愕が半分ずつ入り混じった顔で、千奈津が一歩退く。馬鹿で阿呆なのかと口走りそうになったが、弟子の悠那の手前、その言葉は出さずに飲み込んだ。

「う、うん、師匠が頑張っちゃってね。家ごと引っ越して来ました」

「予想外というかダイナミックというか、うちの師匠も大概だけど、デリスさんも思い切った事をしたわね……それじゃあ、もう殆ど仕事は残ってないって事かぁ」

「そうなるかな。気を遣わせてごめんね?」

「ううん、私が好きでやってる事だし、気にしないで。うーん、それならデリスさんに一言挨拶しようかな? んんっ?」

「それも今はどうかなぁ……師匠、今はネルさんに連れて行かれちゃって――」

「悠那、それ以上言わなくていいわよ。何となく察したから。さっきからネル師匠の部屋、凄く危険な殺気がだだ漏れになってるもの」

千奈津の対師匠用危険察知スキルは、彼女にこう教えていた。死にたくなければ近づくな、と。職業上の僧侶として、一応はデリスの無事を祈っておく。それ以上の力添えはできないので、今は悠那の手助けをするのが優先。デリスの事は仕方ないと諦め、記憶の端っこへと追いやる事にした。

「そうだ！　良い機会だし、私が屋敷の中を案内してあげる！　さっきの悠那の様子だと、メイドさんに案内をお願いするところだったんでしょ？」

「え、良いの？」

「任せてよ。このお屋敷かなり広いから、何も知らないと本当に迷っちゃうし。場所によっては危ないところもあるから、今日のうちに覚えちゃおう。ほら、ゴブ男君も！」

「ゴーブ？」

「わわっ！」

千奈津に背中を押され、悠那とゴブ男は屋敷の奥の方へと進んで行く。まず千奈津に案内されたのは、3人の料理人が集う厨房だった。それぞれの料理人に挨拶をして、悠那に調理場を使わせてもらえるようお願いする。しかし、この厨房はあくまで実力主義。自分の仕事場である調理場を使わせる事に、料理人達は渋っている様子だった。が、悠那の調理した料理を腕試しにと食べた途端に出されるゴーサイン。胃袋を摑む事で懐柔は成功し、屋敷での調理権を悠那は取得した。

「ハルナちゃん、今度あの料理のレシピを教えてくれよー！」

「千奈津さん、また後で臨時相談室開いてくださいねー！」

ついでにファンと信者も獲得した。

「むー、何で私が『ちゃん』で、千奈津ちゃんが『さん』なのかなぁ？」

「ふふっ、悠那の方が誕生日は早いのにね」

続いて向かうは大浴場。家に風呂がある事自体が途轍もなく贅沢なこの世界。その上でネル邸の風呂は広大なもので、まるで王族が使うかのように豪勢。さりとて派手という訳ではなく、どこか雅な印象を受ける上品な仕上がりの石風呂だった。聞けば露天風呂まであるらしく、拘りにも思える手の込みようである。

「ふわー……これ、全部お屋敷の？　ネルさんが作らせたの？」

「そ。師匠、大の風呂好きだからね。あと、これはここだけの話なんだけど、デリスさんも結構風呂は好きなんでしょ？　それで、デリスさんが来る前提で大規模な改築をしたみたいなの。好みとかも独自に調査して、大金使ったみたいよ」

「……千奈津ちゃん、愛って凄いんだね」

「凄いよねぇ。でも、そんな一途なところがまた、師匠のポイントだったりするのよ。まあ、裏返ると今みたいになっちゃうんだけれどね！」

「あはは、笑えないよ～」

――ズドォン！

不意にネルの部屋の方角から、爆発によるとんでもない轟音が轟いた。サーっと背筋が冷たくなるような殺気を感じ、悠那と千奈津は一瞬にして顔が青白くなってしまう。

「ごめん、笑えなかったね……」

「う、ううん。次、行こっか……」

気を取り直して向かう次の場所は、大浴場と並ぶ屋敷の見所の1つ、地下鍛錬場である。地下への階段を下って行くと、そこは地下とは思えないくらいに広い空間となっていた。鍛錬用の各器具、アーデルハイト魔法学院で見たような射撃場や、十分な広さを確保した模擬戦場まで。部屋の至る所に魔力の流れを感じる事から、幾重にも障壁が施されている事が分かる。多少の事では破壊されないだろう。ただ、1つだけ気になる事があった。

「血痕があちこちにあるのは一体……？」

「い、色々あったの……」

どうやら、深く聞かない方が良いらしい。

「鍛錬場の奥にも大きな扉があるんだけど、そっちは立ち入り禁止だから気を付けて」

「あの扉？」

鍛錬場の一番奥、その片隅に異様なほど大きな扉が佇んでいる。鋼鉄製で開けるのも一苦労しそうな、重厚な扉だ。

「私もあの奥には行った事がないんだけど、師匠の鍛錬用に捕らえた凶悪なモンスターがいるって噂があるの。かなり念を押されて入るなって言われてるから、絶対に入っちゃ駄目よ。師匠の話じゃ、デリスさんも入れた事がないらしいから」

「凶暴な、モンスター……うん、分かったよ！」

「……悠那、本当に入っちゃ駄目だからね？　フリでも何でもないからね？」
「あはは、大丈夫だよ～。千奈津ちゃんは心配性だな～」
「……」

悠那は基本的に人の注意を聞き分ける良い娘である。それはこの場合においても、一切変わらないだろう。しかし、この話をうっかりデリスにしてしまったら？　悠那は大丈夫でも、デリスが興味を抱く可能性がある。そうなれば、デリスはあの扉の奥を調べようとするかもしれない。仮にその犯行がバレでもすれば、秘密を明かされたネルの怒りは一気に膨れ上がり、結果的にデリスは――

（――死ぬかなぁ。うん、流石に死ぬかもなぁ。扉の奥の中身にもよるけど、ものによっては死んじゃうなぁ。後で師匠とデリスさんにフォローしておこ）

瞬時にそこまで考えた千奈津は、最悪のビジョンに至らぬよう手助けをする決意を固めるのであった。

◇　◇　◇

お屋敷爆発騒動から暫くして、屋敷の案内を終えた悠那達とデリス、ネルがいったん集合する事となった。あの轟音から察するに、半殺しにでもされているのではないかと思われていたデリス。しかし、意外にも無傷であった。それどころか、ネルは上機嫌そうに満面の笑みを浮かべている。その笑みに千奈津は逆に引いてしまった。今日の千奈津神は引いてばかりである。

「ええとだな、ハル。すまないが、明日から暫く留守にする。留守番よろしくな」

「ごめんなさいね、チナツ。私も明日からちょっと遠出してくるから、その間の事はよろしくね」

「「……え？」」

追撃とばかりに放たれた、更に意外な言葉。悠那と千奈津は一度顔を合わせ、もう一度言ってみる。

「「え？」」

要は事態をよく理解していないのだ。

「その反応も織り込み済みだよ。急なのは本当に悪いと思ってるんだが、ちょっと予定が詰まってしまってさ」

「留守にするのは了解しましたけど、一体どうしたんです？」

「その、な。例のアレが思ったよりも長引きそうでな」

「「例のアレ？」」

再び悠那達が聞き返すと、デリスは若干恥ずかしそうに俯き(うつむ)ながら、呟く(つぶや)ように口を開いた。

「……ネルとのデートが、新婚旅行にランクアップした」

「うんうん。そういう事」

「「……」」

どういう事かとツッコミたいところだったが、空気がそれを許してくれない。いやおうなしに納得させようとする圧倒的プレッシャーが、そこにはあった。しかし、退いてばかりではいられない。千奈津は勇気を振り絞り、疑問を言葉にしていく。

「あ、あの、この時期に師匠達がアーデルハイトを離れるのは、色々と不味いのではないでしょうか？ その、各国が集う魔王討伐連合に参加する勇者を選考する日まで、もう1週間しかありませんし……先日デリスさんがヨーゼフ魔導宰相に話を付けたと仰っていましたが、肝心のデリスさんがここを留守にするのは、敵に隙を見せる行為になるのでは？」

「うんうん、流石はチナツ。よく考察しているわね！ 褒めてあげる！（なでりなでり）」

「あ、ありがとうございます……？」

千奈津の問いを耳にしても相変わらず上機嫌なネルに、千奈津はまた違う意味で驚いて身を震わせる。

「うん、尤もな意見だよな。悠那もちゃんとその辺、考えていたか？」

「私ですか？ うーん、何かあったら武力行使かな？ くらいには……」

「くくっ、単純明快だなぁ。だが、それもある種の正解だ」

「えっ、良いんですかっ!?」

「良いも何も、お前ら自分の強さを自覚してんのか？　2人揃ってレベル6、モンスターなら魔王が2人いるようなもんだぞ？　よっ、この世界の災害級！」

「魔王で災害っ！」

「悠那、その褒められ方で喜んじゃ駄目！」

デリスはこう説明する。ヨーゼフが約束を破ろうとも、ネルを抜いたアーデルハイトには最早、悠那と千奈津に抗う力は存在しない。それどころか、もう1人のレベル6である刀子でさえもこちら側。この状態で反旗を翻したとしても、デメリットでしかないのだと。

「それに、あいつが大事そうにしている孫のウィーレルは人じ——もとい、ハルと千奈津のお友達だからな。下手な考えでは動かないだろう」

「今、人質とか言い掛けませんでした？」

「言ってない言ってない。人類皆友達、ラブアンドピース」

絶対に思っていないであろう、隠す気のないデリスの台詞からは胡散臭さが漂っている。だが、その自信にはしっかりとした裏付けがあるようで、何も心配する事はないと断言していた。

「まあ、抑止力は多いほど都合が良いかしらね。チナツ、貴女を長らく空席になっていた、魔法騎士団副団長に任命しておくわ。いざとなったら部下の騎士を総動員しちゃって良いから。ほら、軍部の代理トップを相手にしようなんて馬鹿はいないでしょ？」

「ふ、副団長って……そんな軽く任命しちゃって良いものなんですか？」

「大丈夫、ゴリ押すから。時期がちょっと早まるだけよ」

「学院歴代最強の黄金時代、その映えある卒業祭優勝者のタイトルまで持ってんだ。ウィーレルだって魔導宰相の後釜になる事だし、文句を言える奴はいないだろ」

千奈津であれば団員からの信頼も厚く、全く心配はいらないと太鼓判を押される。知らないところで急ピッチに進行していく荒療治。止める手立てはもうないだろう。千奈津は副団長の座と新たな悩みの種を取得した。

「善処はしますけど……本当に何かあった時は知りませんよ？」

「安心しろ。その時はハルも協力してくれるさ」

「うん！　私も協力するよ、千奈津ちゃん！」

「ありがとう。だけど、悠那は乗せられやす過ぎよ……」

「えへへー」

取り敢えずは副団長就任の挨拶、相談所の他に諸々の仕事が増えた千奈津は、こめかみを押さえて軽く首を横に振った。

「さて、ここからは真面目な話だ。俺とネルが出発するのは明日の早朝。ネルと千奈津は今日のうちに騎士団の方で引き継ぎ、俺はハルにみっちりとスキルを選ばせ、すべき鍛錬を検討する作業に入る。帰って来るのは勇者選考ギリギリってところかな」

「丸々1週間ですね」

「あ、この期間はリリィも家を留守にするから、その辺もよろしくな」

「リリィ先輩も？」

「ああ、あいつはあいつでちょっと野暮用があるんだ。ま、こっちは気にすんな。元からメイドらしい仕事はしてないし、自堕落な居候のお姉さんがいないくらいに思ってくれ」

「「はい！」」

この時だけは、2人の返事に迷いが微塵（みじん）もなかった。

「それじゃ、チナツは私と一緒に本部へ行きましょうか。ま、分からない事があればダガノフ辺りが何とかしてくれるから、気楽にね。普段から遠征で、どっちかと言うと私がいない日の方が多いし」

「あの、師匠。この期間の私の鍛錬はどうします？」

「普通に騎士団の仕事をして、帰って来たらハルナと鍛錬するだけで問題ないわ。チャンスがあれば、あのトーコって子を巻き込むのも良いわね。貴女、気苦労が増えれば増えるほどに強くなる傾向があるもの」

「えー……」

そんな話をしながら、ネルと千奈津は騎士団の本部へと向かって行った。その背を見送るデリスと悠那。やがて彼女達の姿が完全に見えなくなるのを確認すると、悠那は興味津々といった様子でデリスに尋ね始める。

「ちなみに師匠、さっきの爆発って何があったんです？」

「いや、ちょっとした行き違いがあってな。危うく炭になるところだったが、新婚旅行の話をして何とか難を逃れた。思い違いも解消したし、後は見ての通りご機嫌だったよ」

「それでも師匠、旅先ではあんまり無茶をしない方が良いと思います。イエローカードも重なれば、退場になるんですよ？」

「ぜ、善処する……」

かくしてデリスとネル、ついでに居候の自堕落なお姉さんはアーデルハイトを離れる事となった。屋敷内で迷子になる悠那、意図せぬ刀子の屋敷襲来、遂には噂を聞きつけた街の一般人にまで相談を持ち掛けられる千奈津と、小事なトラブルの絶えない1週間の幕開けである。ただ描かれるかどうかは、また別の話。

――修行24日目、終了。

第二章　大八魔

——修行??日目。

魔の者達が世界の中心と謳う大陸、ユダ。大陸の部類としては最小の大きさで、存在する建造物も1つしかない、ほぼ無人の場所である。ユダは荒れ果てた凄まじい気候の中に存在していて、人間は決して近づこうとしない。巨大な船をも呑み込む大波が縦横無尽に交差し、船の墓場と称される悪魔の海が大陸周囲に広がり、天を仰げば日常的に雷が舞い落ちスコールが降り注ぎ、王者たるドラゴンをも撃ち落とすとされる破壊の空がある。とてもではないが、生物が生きていける環境ではないのだ。

しかしこの日、生物として最強の地位にいるであろう者達が集う会合が、正にこの大陸で行われようとしていた。集まるは魔を司る魔王の頂点、大八魔とその従者。世界各地でモンスターを統括し、人間達と争い、時に商い、或いは共存する彼らがここへ集う理由は何か？　魔の者が世界を統一し、人間界を征服する為？　それとも崇拝する古の邪神を蘇らせ、闇の世界を復活させる為？

——その答えを知るには、この会合に出席するしか方法はないだろう。さあ、そろそろ時間だ。大八魔達による狂気の饗宴が今、始まる。

「えーっと、皆集まったかな？　それじゃ、第、第……何回目だっけ、ヴァカラ老？」

「3桁を超えてからは数えておらん。適当な数字を入れておけば良かろう」

「オッケー！　それじゃ、今回から新人君も来ている事だし、改めて数え直そう！　これから第1回、大八魔同士争うのは止めよう、でねぇと殺すぞ！　会合を始めます。はい、拍手っ！」

――パチパチパチ。

疎らに適当な拍手が小さく鳴った。その瞬間に新たなる大八魔、フンド・リンドは軽く眩暈を覚える。

（……これは、何の冗談だ？）

大八魔とはモンスターの主たる魔王の更なる上の存在、別名では大魔王や悪の権化とも呼ばれている。そんな偉大なる者達の一員として選ばれ、新たなる頂点の一角としての自覚を持ちながらこの会合に参加したというのに、始まった瞬間にこの妙に軽い展開。予想外も予想外、出鼻を挫かれるにもほどがあった。

「えーっと、今日の議題はー……まず、各自の今年度の目標を発表してもらおっかなー。ほら、目的が被ると敵対しちゃうかもだし」

フンドは考える。先ほどから進んで司会進行をしているあの男は、大八魔第一席『摩天楼』のアガリア・ユートピアだろう。大八魔の事実上のトップにして、唯一仲間を持たず単独で動く謎多き人物。その姿、存在自体が謎とされていて、モンスター界では生ける伝説となっている魔王だ。ならば今回が初参加のフンドが、彼がアガリアだとなぜ分かったのか？　……ご丁寧に、テーブルの上に二つ名と名前が記されたネームプレートが置かれているからである。先ほどチラッと自分のプレートも確認したら、二つ名が『支配欲』になっていた。命名者とその意図は謎だ。

「ワシはいつもと変わらず、適度に人間を間引くとするかのう。最近、でかくなり過ぎた国もある事じゃし」

「ヴァカラ老の所はゾンビや骸骨系の兵士が多いからねー。戦力増強もできて一石二鳥かな？」

アガリアの隣の席で煎餅をバリボリと食べながら話す邪悪なる髑髏（どくろ）は、大八魔第二席『髑老（どくろう）』のヴァカラ・ズィンジガ。現大八魔最古の魔王であり、魔王界の最大派閥を誇る権力者でもある。所有する領土も広大で、それ故に人間と敵対する事も多い。人間界、モンスター界と問わず影響力が強く、誰に聞こうとも魔王として真っ先に名が挙げられるのは、恐らくはこのヴァカラになるだろう。そんな彼が日向（ひなた）でゆったりと余生を過ごす老人のような姿を晒（さら）しているのに、フンドは少なからずショックを受けていた。

「妾（わらわ）はねー、妾はねー。うーん、どうしよっかな～」

煌びやかな銀髪をなびかせた、無垢なる美少女が人懐っこそうな表情でころころと笑う。彼女は大八魔第三席『吸血姫』のマリア・イリーガル。二つ名からも分かる通り、種族は吸血鬼だ。容姿こそ10歳やそこらにしか見えないが、この者もヴァカラに次ぐ古参の魔王である。束ねる眷属の吸血鬼達はどれも強力な個体であり、配下の数こそはヴァカラに劣るが、質は優るとの噂もある。

「ママ、いい歳なんだから言葉遣いを弁えなさい」

「ちょっと、歳の事は言わない約束でしょ！　新人君に変な先入観を持たせないでよっ！」

　第七席の魔王にそう突っ込まれ、途端に正体を現すマリア。どうやら、あの子供っぽい仕草は演技であるらしい。

「我は平時と変わらぬ。領土を護り、子らの腹を満たす。徒に侵攻する者は撃退するし、礼を弁え立ち去る者は追わぬ」

　フンドはここで安堵した。漸く、大八魔らしい装いの大八魔が現れたのだ。絶対の王者たる風格を纏う男は、大八魔第四席『竜王』のリムド・バハ。ドラゴンの長である彼は今でこそ人の姿を模しているが、真の姿は山の如く強大であり、翼を羽ばたかせるだけで嵐が巻き起こるとされている。ドシリと構える様は座っているだけでも圧が感じられ、武人として手合わせを願いたいほどだった。

（そう、そうだ。これこそが大八魔の姿よな。今までのはちょっと、何かを間違えただけ

だろう、うむ）

フンドは改めてリムドの姿を見据えた。ん？　ちょっと目が疲れているのかな？　少し目を休めて、もう一度。

「ズズズッ」

リムドが何やら飲み物を飲んでいる。それも、ストローでちゅーちゅーと。ギャップ萌えを狙っているのか、飲んでいるのはオレンジジュース。武人風の中年男性が、夢中でオレンジジュースを飲んでいる。最高に決まらない。思わずフンドはテーブルを叩き割りたくなった。

「どう、それ？　人間界で見つけた、最近ブームになってる飲料なんだけど」

「美味である」

眼光鋭く古風に話して格好をつけても、今更手遅れだ。

「某は新たなる技術開発に勤しみたいと存じます。この身のバージョンアップ、更には技術革新を図り効率的な社会実現を目指したいかと」

一見銀の騎士鎧にしか見えないこの者は、大八魔第五席『機甲帝』のゼクス・イド。本人曰く、ゴーレムの一種である。鎧という名の装甲の下は機械化されており、現代的な兵器を数多く搭載。治める領土は世界で最も文明が進んでいると自負し、魔法科学技術の革新に余念がない。

「いずれは某の力で人間界をも支配し、誰にとっても幸福な社会を実現させて見せましょうぞ！　フハハハハ！」

ついでに言えば支配欲も高い方ではあるのだが、それを実現する方向性が従来の魔王と少し異なる気がする。

「あたしもゼクスはんの計画に乗っかってん。でも、暫くは商売の方に注力したいわ。我らが神、ダマヤに誓うで。世の中ラブアンドピースさね」

商人が好んで扱う言葉でそう話すのは、見た目は可憐なエルフの少女。大八魔第六席『畏怖』のアレゼル・クワイテット。長命である事で有名なエルフであるが、彼女は大八魔の中では任期も含めて若手に入る。魔王でもあるのだが、一方で商人としてやり手であり、自身が興した総合商社クワイテットは各界に色濃く根を張り、影響を及ぼしているのだ。また、彼女の領土ではあろう事かエルフの森を開拓し、一大観光地へと大変貌。豊かな自然、美男美女が待つ避暑地として人気のスポットとなっている。

（それ、魔王である必要があるのか……？）

フンドは頭を抱え出した。

「私は自由気ままにやらせてもらう。何、他の者達の邪魔はしないわ。けど、その逆も然り。くれぐれも面倒を起こして、私の期待を裏切らないようにして頂戴」

フンドの手前にいた美女がそう言うと、それまでの緩い雰囲気が一瞬にして引き締まった。ハッとしたフンドは顔を上げ、彼女を見る。大八魔第七席『堕鬼』リリィヴィア・イリーガル。凛とした、正に女王といった佇まいのサキュバス。アレゼルと並んで若手に属する彼女であるが、その力強さは古参にも引けを取らない。フードや兜で顔は見えないが、背後に控える黒ローブの魔導士、紅鎧の騎士は彼女の両腕なのだろうか。部下と共に雰囲気、言動、目的――どれを取っても実に魔王らしく、上に立つ者として見習うべきものだった。

（ふっ、少し安心した……）

　自分以外にもまともな大八魔がいた事に、安堵の息を漏らすフンド。そんな中、頂点であるアガリアがフンドに向けて手を向ける。

「それじゃ、次にフンド君。自己紹介も兼ねて話してくれるかな？」

　アガリアに声を投げ掛けられたフンドは席から立ち上がり、勇ましく仁王立ちをした。

「余の名はフンド・リンド、新たに大八魔となった魔王である。余の種族は水にて生きる深海の王者、故に海中にて城を構え、海と共に生きている。現在はジバの大陸に住まう人間共の国を征服中だ。第七席のリリィヴィア殿と同様に、余計な手出しはしないでもらいたい！　以上である！」

そうそうたる面子が揃うこの中で、フンドは怯む事なく魔王としての威光を示して見せた。威風堂々と簡潔に意見を述べ、不備なく伝え切ったと自負できたほどに。

「「「「「……」」」」」

しかし、なぜかその直後に黙る一同。ある者は酷く驚くような表情で、またある者は呆れて、またまたある者は笑いを堪えるように。全員が全員、異なる反応を示したのだ。

「ク、ククッ……！　いやはや、フンド君はなかなかに野心家なんだね。流石は『支配欲』。僕がその二つ名を与えただけの事はあるよ」

その中で笑いを堪えていた者、アガリアが楽しげにそう口にする。何がおかしいのか、当然ながらフンドには理解できない。

「アガリア、お主が奴を推薦したんじゃろう？　よくも知らん奴を推したのか？」

「うーん。長く席を空けるのもアレだったし、戦力重視で見ちゃったからなぁ。ほら、彼は他の魔王と比べて頭一つ抜けていたし、束ねる配下の数もそこそこだったし」

「だとしても、こんな初っ端から協定に背かれるとね～。後々面倒だと妾は思うよ～」

協定に背く――さっきの自分の台詞の中で、何かが該当したのだと勘付いたフンド。だが、果たして何が該当したのか、仮に該当すればどうなるのかは分からない。

「……現状をよく理解できないのだが？」

まずは状況説明を求める。意外にも、この問い掛けに答えたのはリリィヴィアだった。

どこか艶っぽい溜息の後に、睨み付けるような強い視線を浴びせられる。

「ハァ……貴方はね、大八魔同士が争わないようにって取り決めた、絶対不可侵の八カ条に早速違反してしまったのよ。さっき、ジバの大陸に侵攻しているような内容を話していたけど、それがもうアウト。本当の話なら、その項目を作った大八魔に宣戦布告をするようなもの。この意味、分かる？」

「……詰まり、余は図らずもこの中の誰かに、敵対宣言をしてしまったと？」

「ま、そういう事ね。ご愁傷様」

「……ふん。丁度良い機会ではないか。余の力が、現大八魔にどの程度通じるのかを確かめたかったところだ。この席順は大八魔としての実力を現しているのであろう？　ならば、早速正しき順に変えていくべきだ」

「ほう、今回の新参者も活きが良いのう」

「でしょー？」

「協定的にはどうなんって、あたしは思うけどなぁ。で、その喧嘩をどうするん？　リリィちゃん？」

アレゼルがニヤニヤとした、エルフにあるまじき顔をリリィヴィアへと向けた。この瞬間、フンドが宣戦布告した相手が確定する。

「……私が掲げた大八魔八カ条は、如何なる者もジバの大陸を侵さない事。それを破ったからには、それなりの報いを受けてもらうわ」

「なるほど、貴殿が余の相手となると……よかろう、敵として不足はない。この場で方を付けようではないか！」

フンドがリリィヴィアに威勢良く指先を向けると、彼女の傍らにいた部下達がそれを遮るようにして立ちはだかった。

「「……」」

彼らには完全なる敵意が満ちており、この場は一触即発の状態となる。

「黒、紅、2人とも下がっていなさい。この程度の相手に後れを取る訳がないでしょう」

「それが高慢であると、余が教えてやろう！」

「ああ、ちょっとちょっと！　まだ会合中なんだから、そういう事は後でやってよね。魔王と魔王の戦いなんだから、王同士の一騎打ちで「はい、お終い！」って話でもないでしょうが。キチンと大八魔同士の戦争申請を出して、それから争ってください。僕達運営は、君達の公平な戦いを望んでいます」

最も遠くにいた筈のアガリアがいつの間にかテーブルを乗り越え、更に間へと割って入っていた。手に持つは書類のようなもの。見ればこれが戦争申請書のようで、大八魔同・

士でやるのならばこれにサインをしろと言う。

「これは……？」

「むかーしね、勝手に良からぬ戦いの準備を始めた不届き者がいてさ。大八魔がそんな事をしたら、最悪の場合、大陸レベルで収拾がつかなくなって、他人様に迷惑が掛かっちゃうでしょ？　だから今は、こうして他の大八魔が立会人になって、公正に安全に勝負を見届けるようになったんだよ。でねぇと殺すぞ！　って意味合いも含めてね」

アガリアは軽薄そうに言っているが、どこか強制力を覚える雰囲気だった。

「あ〜、いたね〜」

「懐かしいものじゃな。まあ、その時の馬鹿共は揃って死んでしまったのじゃが」

「前六席から八席まで、すっぱり逝ってしまいましたからな！　第五席の某も危なかったのかな？　フハハハハ！」

「あたしやリリィちゃんはその後任やったからなぁ。ま、規則は規則、ちゃんと守らんとあかんよ？　フンド君がその席に座れんのも、馬鹿な前任者のお蔭やさかい」

エルフのアレゼルが諭すような口調でフンドに語り掛ける。勇猛なのは結構だが、今は座っておけ。暗にそう言われているようだった。

「……了解した」

納得したのか、大人しく席に座るフンド。しかしながら彼が纏う闘気は未だ収まらず、許しが出れば今にも戦い出しそうな臨戦態勢になっている。一方、アガリアも知らぬうちに自らの席へと戻っていた。

「ふぃー、危ない危ない。何事も平穏に済ませるのが一番だよね。ラブアンドピース！」

「「「「ラブアンドピース」」」」

「っ!?」

この会合の合言葉なのか、フンド以外の大八魔全員が口を揃えて妙な事を言い出した。これには流石のフンドも愕然とする。

「ふっ、尤も私と貴方が戦うところまで行くのか、まだ分からないけれどね。聞けばジバの人間の国々が連合を組んで、今度貴方を討伐しに来るらしいじゃない。中には魔王の天敵、勇者もいるそうよ。私と戦う以前に、片付けるべきところは片付けておかないとね」

「……よ、余が話をする以前に、既に状況を把握していたのか。用意周到な事だ」

まだ若干の動揺はあるものの、フンドは必死に冷静さを保とうとする。勇者を有する討伐部隊。しかしそれは名ばかりで、その実はリリィヴィアが用意した駒。言葉の裏を読み、そのようにフンドは理解した。

「ほうほう、勇者か。魔王冥利に尽きるのう」

「いいな～、いいな～。妾のところには最近来ないんだよね～。寂し～」

「確かに、勇者を撃退してこその大八魔であるな。まずは実力を示せといったところか」

「そういう事。この連合を打ち倒せたら、改めて貴方を敵と認め、この書類にサインして倒してあげる。安心なさい。もし負けでもしても、虫のように潰してあげるから」

ひらひらと書類をなびかせるリリィヴィアに、フンドは静かに血を滾らせる。

「話はまとまったかな？　それじゃ、次の議題に移るよー。えっと、次はぶっちゃけトークの時間だったっけ？」

「アガリアよ、皆で解決しようお悩み相談コーナーも忘れるでないぞ」

「ああ、そうだったそうだった！」

「……」

◇　◇　◇

「それではこれで、今年の会合を終わりたいと思います。お疲れ様でしたー！」

「「「「お疲れ！」」」」

アガリアが『第1回大八魔同士争うのは止めよう、でねぇと殺すぞ！』の終わりを告げ、大八魔達は思い思いに帰り支度をし始める。そんな中、一際疲れた様子の魔王もいるようで――

（――結局、飲み食いして下らない雑談をするだけのお茶会だった……）

難しい顔をしながら眉間にしわを寄せるフンド。きっとどこかで世界の行く末を決める大きな話をするのだろうと、終始気を引き締めてこの会合に臨んだ彼であったが、思いも虚しく最後の最後まで会合の空気は緩いまま、喋る内容も最近腰が痛いだの、部下が結婚しただの世間話の延長のものばかりだった。最初こそ良い好敵手になるかと思われたリィヴィアは、それ以降絡んでくる様子もなし。この会合の意味を見出せないまま、フンドは深い溜息をついてしまう。

「やあやあ、新人君！　お疲れさんさん！　どや、初めての会合で緊張したか？」

何とも言えない心中にいるフンドに、そんな明るい声で話し掛けたのは第六席のアレゼルだ。魔王らしからぬこの口調、飄々とした態度、話し掛ける時点で執拗に手もみをしているのもあって、フンドは彼女をいまいち信用できていなかった。

「何用だ？　もう世間話をするだけの会合は終わったのだろう？」

「あいたたた、新人君はなかなか手厳しいなぁ。ま、この会合に何を望んでいたのかは分からんでもないけど、初見でビックリするその気持ち、あたしは理解してるで～。緩々やもんなぁ」

「……正直、この会合にはどんな意味があったのだ？　最初こそは余が協定とやらを破ったのもあって、心地好い緊張感があった。だが、それ以降はあの調子だ。大八魔が集う会合にしては、些か中身がないのではないか？」

「ひひっ、そりゃ茶菓子食って好き勝手な事言ってるだけやもん。中身なんてないない」

何がツボに入ったのか、アレゼルは小刻みに笑い続けている。美しくも可愛らしい容姿の彼女であるが、笑い声は想像以上に汚らしく、酷く妖しげだ。第四席のリムドとはまた違ったギャップを感じてしまう。当然、悪い方に。

「この会合もなぁ、元々は新人君が望んでいたようにかたっくるしゅうて、魔王達がパイを取り争うようなものだったらしいで？」

「真か？」

「真も真！　あんさん、リムドはんみたいな古風な話し方なんやねぇ。おもろっ！」

「……」

「ああ、怒らんでよー。乙女のかわゆい冗談さかい。でな、気が遠くなるくらいに長ーい時間敵対してりゃ、気が重くて重くてストレスで禿げる寸前だったらしいんよ。これ、ヴァカラ爺の格言や。骨だけの癖に何言うとんって笑えて笑えて、くひひっ……！」

「……」

長くてくどいアレゼルの話を要約すると、普段部下達の前で威厳を保つのに神経尖らしてるのに、こんなところでまで見栄を張る必要はないだろうと、今の緩いお茶会形式の移行したという。大八魔の会合とは名ばかりで、同じ悩みを抱える者同士、この時間だけはゆったりと語り明かそうとだべるのが主な目的らしい。もちろん、そんな今の集まりの意図に反対する生真面目な勢力もいたそうで、それが前任の第六席〜八席の魔王達だったらしい。アレゼル曰く不幸な事故があったそうで、ここ十数年で彼らの勢力は壊滅してしまったそうだ。

「だぁかぁら〜、新人君もそんな気ぃ張らんで、ゆったり過ごして良かったんやで？　この部屋で部下達の立ち入りを禁止してんのは、大八魔がリラックスできるようにって意味なんやし。あ、でも外ではこうはいかんで？　アガリアはんは1人もんやから普段からアレな感じ、あたしも大して変わらないんやけど、他の面子は部下の前ではマジもんの大八魔になるかんね。そこだけは気ぃつけときぃ」

アレゼルなりの忠告だろうか？　彼女はケラケラと笑っているが、かなり重要な話をしているようにフンドは感じた。

「……余の気の持ちようは兎も角として、少し気になった事があるのだが」

「何や？　スリーサイズは教えんで？　見ての通りすとーんとしたもんで、聞くのが失礼に当たるくらい――」

「第七席のリリィヴィア、彼女は背後に部下達を置いていたではないか。あの者らは良いのか？」

「うわ、ツッコミなしのごり押しかぃ」

妙に残念がるアレゼルはさて置き、フンドの疑問は尤もだった。この会合場所は朽ち果てた名もなき城。その城内にて各大八魔が連れて来た部下達は、別室にて待機するよう通告されていた。フンドの部下達も例外ではなく、この部屋にはいないのだ。

「あー、あいつらはなぁ……まあ、特別なんや。この辺を語ると長くなるさかい。自分で調べるか、リリィちゃんに聞ぃてみぃ」

「何で私が説明する必要があるのよ？」

「おおっと？」

アレゼルの背後に、渦中の人物リリィヴィアがいた。黒、紅と呼ばれていた噂の部下達も、彼女の傍らに控えている。

「ふん、その様子だとご教授願えないようだな」

「当然でしょ？　私達を気にする以前に、まずは自分の心配をしなさいな。それと、アレゼル。ちょっと話があるから顔を貸しなさい」

「何やろな～、あたしの方が序列は上の筈なんやけど……ま、ええで。新人君、何か欲しいもんがあれば、あたしに連絡しぃ。これ、あたしの名刺な。皆様のクワイテットは羽ペンから食料品、兵器や要塞まで、あらゆる面でサポートするさかい。金をたっぷりと用意してなぁ～」

立ち去る間際まで変わらぬそんな調子で、アレゼルは言葉をまくし立てながら去って行った。結局、最後の自社宣伝をする為に話し掛けられたようである。対照的にリリィ

ヴィアは視線も合わせず、無言のままアレゼルの前を歩き、そのまま部屋を出てしまった。

「ふぅむ……色々と、熟考すべきだろうな」

　大八魔の予想外の姿に驚きはしたが、フンドはそれが本質だとは考えていない。彼らが戦場に立った時、どのように変貌するのかを思えば恐ろしくもある。だが、それは同時に喜びでもあった。強者を打ち負かし、名実ともに這い上がってこそ真の大八魔だと彼は考える。フンドはリリィヴィアとの戦いに思いを馳せ、切望しながら勇者を打倒するだろう。

「ふっ、血が滾るな。あの配下の秘密とやらも、リリィヴィアを打ち負かせば分かるであろう事。大八魔の実力、しかと見せてもらおう――」

「ちょっと、リリィちゃん！　ママに挨拶もなしに出て行くって酷くないっ!?　妾、ずっとふんぞり返りながら待ってたんだよ？　ああ、リリィちゃーん！」

「――か……」

　ドタバタドタバタ！　大声で絶叫されながら、激しい足音が通り過ぎる。吸血姫が奏でる騒音に、フンドの決め台詞が見事に掻き消されてしまった。これでは余韻もクソもなく、全てが台無しである。

「……帰るか」

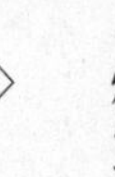

　心なしかトボトボと歩いているような背を見せながら、フンドは会場を去って行った。

その一方でリリィヴィアに呼び出されたアレゼルは、誰もいない空き部屋へ。ここは部下達(たち)が待つ部屋からは遠く、それなりに声を張らないと、その音も聞こえそうにない。

「何や何や、こんな所に呼び出して？　サキュバスだけに、あたしに人に言えんようなえっちぃ事でもする気かいな？」

「フフッ……だとしたら、どうするのよ？」

「いや、ボケにボケを返されても困るんやけど……え、マジで？」

　妖艶な色気を出しながら迫るリリィヴィアに、アレゼルは一歩たじろいで見せた。しかし、退路となる扉は黒と紅によって塞がれている。エルフの守銭奴、絶対絶命のピンチ――

「……この茶番、まだ続けるん？　あたし的にはもう少し付き合ってもええけど」

「いや、全然必要ないだろ。何だよ、そのやり取り……」

「お願い、目が腐るからもう止めて」

　ふと冷静に戻ったかのように、身構えていた姿勢を解く一同。同時に黒が漆黒のフードを、紅が紅蓮(ぐれん)の兜(かぶと)を外しながら、そんな言葉を口にした。顔を晒(さら)した彼らの正体は、何とデリスとネルである。新婚旅行に旅立った筈(はず)のデリス達は、なぜかリリィヴィアの部下となって大八魔の会合に同席していたのだ。

「それは聞けない相談ね。サキュバスとは色欲を司る者、その王たる私に止めろと？　面白い冗談ね、紅」

デリスとネルは正体を現した。ところがリリィヴィアの態度は変わらず、未だ部下として扱っているようである。いつもの怠惰で駄目な様子は微塵もなく、そこにいるのは紛れもない魔王の姿だった。服装も格好だけのメイド服ではなく、ダークパープルを基調とした特注の専用魔王衣装と凝りに凝っている。

「ああ、駄目。私、この状態のリリィは苦手なのよね……」

「スキルの『演技』を使って、大八魔としてのリリィヴィアになり切ってるからな。暫くは完璧な色欲の魔王になってるから、今は何を言っても無駄だぞ」

「つれないわね、黒。私に従ってくれれば、一生養って怠惰な性活を送らせてあげるのに」

「それ、普段と立場が逆になってんじゃねぇか……おい、生活だろ。字が違うだろ」

遊び人たるリリィヴィアは、遊びにかけては本気で遊ぶ。一度演技だしたら、なかなか止まらないのだ。２人とも、この状態のリリィヴィアは苦手なようで、どうもいつもの調子で話せないようだ。双方とも頭を抱え、どうしたものかと悩んでしまっている。

「くひひっ、うひっ……！　いやー、相変わらずのようやなぁ、お二人さん！」

「お前も相変わらず良い商売してるみたいだな、アレゼル。お前の会社の魔具店、もう少しスクロールの販売を強化してくんない？　最近使い道が増えちゃってさ」

「ほうほう。最近、仰山こうとるみたいやもんな。まいどおおきに、今度オーナーに話を通しておくさかい。暫くしたら、また覗いてみ？　ほんま、デリスは金払いが良くて好きやで～」

「ま、昔の冒険者仲間のよしみでもあるからな。どうせなるなら、お前のところで良い客になってやるさ」

大八魔第六席、『畏怖』のアレゼル・クワイテット。彼女は大八魔の魔王であり、総合商社クワイテットの社長であり――そしてデリスとネルの、かつての冒険者仲間でもあった。

「懐かしいなぁ……ネルが突貫してあたしが搾り取ってデリスが火を消して、ほんま充実した日々やったわ。今ほどではないにしろ、金も荒稼ぎできてた事やし」

「あー、確かにね。あの頃の私は突貫一辺倒で、それでもデリスが後で何とかしてくれていたから、気分良く過ごせたものだわ。後先考えずに暴れられたし！」

「お前ら、城砦は壊すわ要人は誘拐するわでやりたい放題過ぎたんだよ……若くして禿げるかと思ったわ、当時の俺……」

「ほら、黒。やっぱり私の下に来た方が幸せよ？」

「そうかもなぁ……」

「ちょっと、あんな駄メイドに簡単に流されないでよっ！」

彼らが冒険者を生業としていたのは、もう十数年も昔の事だ。異世界からの転移者であるデリスは、ひょんな事から当時10歳ほどだったネルと出会い、更には幸か不幸かアレゼルとパーティを組んでしまった。その時代の魔王界を震撼させた、恐るべきパーティの誕生である。

「ひひっ、ひひひっ……！　はぁー、笑った笑った！　そんで、用件は何なん？　思い出話に花を咲かせる為じゃ～ないんやろ？」

「あ、ああ、実はな、ちょっとした報告があって、な？」

「ええ、えっと……本当に些細な事なんだけど、実は結構大事な話があって、ね？」

「何や、2人して気持ち悪いな。どうしたん？」

急にしどろもどろになって、曖昧な答えを返し始めるデリスとネル。2人は何度か視線を交わし合い、漸く意を決したのか口を開き出す。

「「……俺達（私達）、結婚する」」

「ほーん」

「「……」」

「……え、マジな話？」

若干素の喋り方に戻ったアレゼルが聞くと、デリス達は神妙な面持ちでコクリと頷いた。

「うわ、うわわわ……い、一体何年越しの恋が実ったんや、ええ？　あの頃のネルが10くらいやったから、今が25？　いや、26で――うわー！　うわー！」

「うるっさいわね！　結果的に実ったんだから良いでしょうが！　燃え溶かすわよ⁉」

「これが騒がずにいられるかいなっ！　世紀の大事件やで！」

この後、局地的かつ激烈な争いが10分ほど繰り広げられ、満足したのか彼女達は比較的おとなしめになった。部屋の惨状は言うまでもないが、まだ形が残っているだけ加減はされていたようだ。

「まあ、そういう事でこの会合が終わったら新婚旅行に行くんだが……ちょっとお願いがありまして」

「ヒヒッ、何となく察したわ。新婚旅行先に、うちの避暑地を使いたいんやろ？　ええでええで、たっくさん笑わせてもろうたから、特別に格安価格でスイート取ったるわ。昔の冒険者仲間のよしみでもあるしなっ！」

「悪いな、いつも助かる。式の日が決まったら、後で連絡するからな」

「ふん。一応、礼は言っておくわ。式、ちゃんと来なさいよね」

「へいへい、おあついこって」

アレゼルが所有するエルフの森の避暑地は人気が高く、下手をすれば1年先まで予約が埋まっているほどの盛況振りを誇っている。その中で唯一存在する宿泊施設のスイートルームともなれば、1泊するだけでもそれなりの建造物が建つ程度に高価なもの。順番待ちをすっ飛ばしてその部屋を取る事ができるのは、アレゼルが社長であるが故の恩恵だろう。普通であれば、たとえ相手が何処(どこ)かの国王であってもできるものではないのだ。

「しかし、あのネルがね～……あたし、ネルがうだうだしているうちに、リリィちゃんがデリスを取っちゃうとばかり思っとったんよ？　一応ライバルみたいなもんやったし。リリィちゃん的には、愛し(いと)のデリスに諦めはついたん？」

「ふっ、私は色欲を司る王。嫉妬に駆られず、祝福すべき時は祝福するの。それに、愛の形は何も1つだけじゃない。私は別の形で黒を射止めるわ」

その結果の愛人枠である。

「あ、ああ、そうかいな……うん、確かにこれ、ちょっと調子狂うわな……」

「だろ？」

「絶対阻止するわ……！」

ともあれ、デリス達は旅行先を無事に決定させ、1週間をのびのびと過ごすのであった。一方で、できる女と化しているリリィヴィアは久方ぶりに自らの領土へと帰り、溜(た)まった仕事を片付けるのであった。

――修行??日目、終了。

第三章　扉の守護者

——修行28日目。

デリスとネルが新婚旅行へと旅立って数日が経過し、新たにこの屋敷に移り住んだ悠那（はるな）は、段々とここでの生活に慣れているところであった。屋敷で働く使用人の人達とも仲良くなり、鍛錬を行う時間以外は持ち前の家事スキルを活（い）かして手伝ったりと忙（せわ）しなく、されど充実した日々を送っているようだ。

「ハルナちゃん、チーズ入り野菜炒（いた）め2人前と気まぐれパスタ1人前を至急お願い！」

「はいっ！　Bランチができてますので、配膳をお願いしますっ！」

「ゴブッ！」

「おい、言っておいた仕込みまだか!?」

「すんません、もう少し待ってください！」

「チーフ、それ私の方でやっておきます！　1分ください！」

「悪いがハルナちゃん、頼んだっ！」

昼時間、ネル邸の厨房（ちゆうぼう）は戦場と化していた。今日も今日とて悠那は鉄鍋を振るい、無差別に放たれる幾多の注文を相手に、料理人達と共に戦うのである。この日担当の料理人が運悪く体調を崩し、人手が不足する中での白熱した攻防。明らかなオーバーワーク。されど休憩時間は待ってくれず、時間内に同僚へと料理を届けなければならない。時に一気に攻勢をかけ、時に護りに入って耐え、その間にも料理人の支援を忘れない。今悠那はこれまでの人生で培ってきた、全ての力を試されているのだ。

「いやー、今日も助かったよ、ハルナちゃん！　屋敷全体のシフト人数が多いってのに、今日に限って代わりの奴がいなくってさ。新メニューの評判も上々だし、また時間が合う時に手伝ってもらえると助かるな。ああ、そうだ！　傷む直前の余ってる食材は自由に使って良いから、今度も味見させてくれよ。下っ端共の良い刺激にもなるからさ！」

「えへへ、お安い御用です！　私も勉強になりますし、人数が人数なので作り甲斐があります！　やっぱり、プロの方々は動きのキレが違いますね！」

「そ、そうかい？　照れるな～」

「馬鹿！　お前は今日駄目駄目だったろうが！　ハルナちゃんにしっかり感謝しておけよっ！」

「き、厳しいっすよ、チーフ～……」

「あはは～」

「あと、ゴブオも皿洗いやら配膳やら諸々の雑用、ありがとうな。マジで助かったぜ！」

「ゴブー」

昼休憩の時間が終わり、勝利を確定させた悠那達は一足遅れた賄いを食べながら、互いの健闘を讃え合っていた。ゴブ男もその席のご相伴にあずかり、すっかり屋敷に馴染んでいる。

「えっと……あ、いたいた！　ハルナちゃーん！」

「はーい、どうしました？」

ふと調理場を覗き込んだメイドが、悠那を見つけて声を掛ける。どうやら悠那を探していたようだ。

「食事中にごめんね。玄関先にハルナちゃんのお客様が、またお見えになっているんだけど、今大丈夫かしら？」

「あ、いつものですね！　今日は少し早めだな～。それじゃ、急いで食べて向かいますね」

ぱくっ、もぐっ！　と、思わず感嘆してしまいそうになる見事な食べっぷりで、食事を早々に終わらせる悠那。後片付けの手伝いをゴブ男にお願いし、玄関先へと急ぐ。

「おーい、悠那！　バトルしようぜ！」

玄関先に到着した途端に叫ばれる大声は、確実に刀子のものだ。悠那がネルの屋敷に移り住んでからというもの、刀子がこうして屋敷にやって来るのは、ある種の日課になっていた。野球をしようと誘うかの如き気軽さで、毎日決闘を申し込んでくるのである。

「こんにちは、刀子ちゃん。随分早いけど、お昼ちゃんと食べたの？」

「もちのロン！　今日の俺はベストコンディションだ！　拮抗する勝敗に、今度こそ勝利の連打を浴びさせてやるぜ！」

「刀子ちゃんは今日も元気だな～。でもその台詞、そっくりそのままお返しするよ！　それじゃ、地下に行こっか！」

「おう！」

　今や手慣れた様子で屋敷に入り込む刀子も、最初に訪れた時は借りて来た猫のように、かなり緊張していたものだった。が、そこは野生児。環境に順応するのも馬鹿みたいに早いのである。すれ違いざまに深々と頭を下げる使用人に軽く手を振り、我が物顔で通り過ぎる姿には流石の悠那も苦笑い。魔導宰相や国王さえも恐れるネルの屋敷へ、こうも白昼堂々入り込めるのは刀子くらいなものだろう。

　そんな風に、一見自分勝手に振舞う刀子であるが、彼女にもここに来る理由があった。それは師匠と仰ぐ、リリィの不在である。普段ぐうたらなリリィも、デリスから託された自分にしかできない仕事という事で、かわいがりだけはしっかりと刀子に施していた。所詮は元がアレなリリィである。自分が留守の間、刀子に一体何の鍛錬をさせるのか？　が、そこまでは一切合切、微塵も思い至らなかったのか、あろう事か刀子へ何も言わずにいなくなってしまったのだ。

その結果、刀子に残された道が自主練だった。しかしながら、正直刀子は強い。めっちゃ強い。最近になって城から引っ越して来たクラスメイト達では練習相手にならず、暫定勇者（仮）の晃でさえも全く話にならないほどに。より濃い鍛錬を行うには、対等な相手が絶対に不可欠。そう考える刀子は悩み、そして――

『あ、悠那がいるじゃん！』

3秒で解決、当然の帰結だろう。悠那への挑戦はその一環。模擬戦とはいえ死ぬ間際のギリギリを攻める2人のそれは、殺し合いに途轍もなく近い。満足するまでぶつかり合い、帰って来た千奈津が青い顔をしながら治療するのが、今の日課となっているのだ。当たり前のように腕が折れてるので、図らずも千奈津の光魔法向上にも役立っている。

「んで、ここでの生活には慣れたのか？　虐められたりしてねぇか？」

「皆良い人だし、そんなのないない。生活も大分住み慣れたかな。あ、でも1つだけ、どうしても慣れなかったのがあったなぁ……」

「慣れなかった事？」

「うん、もう解決はしたんだけどね」

悠那が唯一慣れなかった事。それは初日に悠那が口にしていた、自室の広さである。慣れ親しんだ一般的な日本の部屋と比べ、あまりに広大なこの部屋はやはり落ち着かず、結局は千奈津とその部屋をシェアする事に。流石に迷惑かなと思いつつも、駄目元で千奈津に聞いてみたところ、二つ返事で了承されたのが始まりだ。デリス不在の中での抱き枕問題も、これにより無事解決した。

「へー、シェアねぇ。悠那にもそんな事を気にする神経があったんだな」

「そりゃあるよ～、私だって人間だもん！　さ、到着したよ。今日も頑張ろう！」

おー！　と、元気な掛け声を出した悠那が準備運動をし始める。いつもであれば、この時に刀子も同じように準備運動をする。しかしこの日、刀子は立ったまま全く動こうとしなかった。どうしたのか悠那が刀子を見ると、彼女はジッとある方向を向いて、何かを見詰めている。

「なあ、悠那。あの鉄扉の向こうって、何があるんだろうな？」

ネルが騎士団を留守にしてからというもの、副団長に任命された千奈津は毎日をバリバリと働いていた。幸運にもネルがいなくとも機能する体制が元からできていたのだが、それは働かない理由にはならない。騎士隊長のダガノフに教えを乞い、千奈津なりの精一杯で皆のサポートに当たる。その結果は言うまでもあるまい。お悩み相談所を開いてからの信頼は更に上乗せされ、今やカンスト気味にまでなっている。綺麗で可愛らしい若手上司

の手厚いサポートに多くの騎士は感激し、何よりも戦場以外で死ぬ心配がないのが好評だった。が、一方でネルの激烈な鍛錬と美貌にハマる層も一定数いる訳で。魔法騎士団は今、穏健派と過激派によって、ファンクラブ的な意味で二分されていた！

「――ハッ!?」

「急にどうしたんですか、チナツ副団長？」

机に向かって書類にサインをしていた千奈津が、突然間の抜けた声を出した。カノンは何事かと顔を向ける。

「いえ、何か物凄く下らない争いが、私の知らないところで展開されているような気がして……」

「ははっ、えらく具体的ですね？」

「虫の知らせって言うんでしょうか？　師匠……ネル団長が言うには、『加護』のスキルを会得してから、何かと嫌な予感に敏感になった気がするんです。苦労をすればするほどレベルが上がるらしいんですけど、要はもっと苦労しろって事なんですよね……ハハ……」

「え、ええっと、悩むのは程々に、お身体を大事にしてくださいね……」

自嘲気味に笑う千奈津に、カノンは励ます事しかできなかった。ちなみにであるが、カノンは穏健派、ムーノは過激派である。

「悩みと言えば、この前は相談に乗って頂きありがとうございました。来たる新人に負けないように、何とか頑張って行けそうですよ！」

「力になれて何よりです。でも、あまり肩に力を入れ過ぎないようにしてください。いざとなった時、実力を発揮できなくなっちゃいますから」

カノンは以前、千奈津のお悩み相談所にある話をしに行った。彼は悩みを抱えていて、それを考えると夜も眠れないのだという。その内容とは――

『今年の新人、黄金世代の上位ランカーが何人か入団するって言うじゃないですか！　あいつらマジ化物なんですよ、先輩の威厳を保つ自信がありません！　どうしようっ!?』

――カノンはカノンで、色々と思うところがあるようだ。この時、卒業祭で千奈津が優勝した事実をカノンはまだ知らない。眼前にいる千奈津はその化物達を押し退けて優勝している訳で、千奈津としては自分が化物と呼ばれているようで、何とも微妙な心境だった。

「これでも僕、昔は冷静沈着でクールな性格だと思っていたんですけどね～。最近は何とも……副団長、上手く心を落ち着かせるコツとかってあります？」

「コツ、ですか？　うーん……絵本を読む、とか？」

「え？」

「あ、いえ……何でもないです」

「？」

悩み多き千奈津にとって、リラックスをする手段はとても大切なものだ。近頃では、可愛らしい絵の付いた子供用の絵本や入門書を読むのがマイブームとなっている。悠那とシェアした部屋の本棚にも、とあるシリーズの本がズラリ。悠那にとっても読みやすく好評なので、現在進行形で増え続けている。

心安らぐ絵本を頭の中で描き、一応の落ち着きを取り戻した千奈津。加護の効果は、自分にとって有害な事象を未然に防いでくれる大変ありがたいスキルなのだが、唐突に出てくるので油断ならない。

「――ウッ!?」

「ふ、副団長?」

……このように。

今度は胸の心臓の辺りを押さえるような仕草をしながら、声を上げた千奈津。流石にそのような格好をされては、カノンもかなり動揺してしまう。

「ふう、ふう……! 今のは、また別件ですね。取返しのつかない事になりそうな、絶対止めなきゃいけないような、そんな感じでした」

「今回のはまた縁起が悪いですね。でも、それだと大雑把過ぎて、肝心の中身が分からないなぁ」

「……いえ、ちょっと心当たりがあるかもです。カノンさん、少し席を外しても良いですか？」

「それは構いませんけど、どちらへ？」

机に立て掛けていた木刀を手に取り、千奈津は立ち上がる。

「ネル団長のお屋敷です」

◇　◇　◇

「開けずの扉？　開かずじゃなくてか？」

「そ！　開けようと思ったら物理的にたぶん開くけど、決して開けちゃいけない扉なんだよ！」

ネル邸の地下鍛錬場、その奥に設置された鋼鉄の扉へ指を差し、悠那は刀子に説明をしていた。1つ、この扉の奥はネルしか入っちゃいけない事になっている。2つ、弟子の千奈津でさえも入る事を許されていない。3つ、ネルが鍛錬用にと捕らえてた凶悪なモンスターがいる。4つ、入ったら死ぬ。以上を千奈津談より引用した。

「――という訳で、壊して中に入ろうとしたら駄目だよ？　絶対だよ？」

「よっし！　詰まり入れって事だな！」

「何でっ!?」

しかし、本能で生きる野生児に理屈が通じる筈もなく。後はお約束的な意味で、刀子は扉へと駆け出した。彼女の敏捷値は3人娘の中でも一際高く、単純なスピードでは悠那も追い付く事ができない。

「だから駄目だってば！　刀子ちゃん！」

「悪いな、悠那！　こればかりは譲れないぜっ！」

「くっ、速いっ……！　って、あれ？　千奈津ちゃん!?」

刀子を追い掛ける悠那の横を抜いて、猛スピードで千奈津が前に出て行った。

「やっぱり！　刀子、今直ぐその扉から離れなさいっ！　これ以上悩みの種を増やさないでっ！」

「げぇっ、千奈津!?　へっ、だけどよ、もう間に合わないぜっ！」

十分に助走をつけた刀子は、ここで高らかに飛翔。そして、『跳躍』から派生した『空蹴』のスキルを使って宙にて空気を蹴り、更に跳躍。彼女のスピードは加速を続け、その勢いのまま扉へと飛び蹴りを叩き込んだ。

――ズガアァーン！

分厚い鋼鉄の扉が弾け、その残骸が奥へと吹き飛ばされていった。開けずの扉、粉砕。

「ああっ!?」

「壊しちゃった……」

絶望の色に染まる千奈津と、漸く追い付いて面食らう悠那。刀子は壊した扉の前に着地して、どれどれといった様子で中を覗き込んだ。しかし中は真っ暗で、一寸先も見通す事ができない。

「ありゃ、何も見えねぇな」

「とーうーこー……！」

背後から静かに近付き、般若の面を被って刀子の首を絞め上げる千奈津。

「うごっ……！　く、首絞めるなって……ちょ、マジでやって、ね……？」

「今私に殺されるか、後で師匠に殺されるかを選ばせてあげるから。ほら、選びなさい」

「どっちにしたって、俺死ぬじゃねぇか……！」

「警告は、したわっ……！」

本気で怒っているのか、腕は全く解けそうにない。うーうーと刀子が苦しむ中、その傍らで悠那は扉奥の暗闇をジッと凝視していた。

「……んん？」

そして、悠那だけが何かに気が付く。

「千奈津ちゃん、刀子ちゃん。何か来るよ、構えて」

「「え？」」

腰のポーチからドッガン杖を取り出した悠那。そんな悠那の様子に、２人もただ事ではないと瞬時に察する。暫くして、ズルズルと何かが這いずるような不快な音が耳に入った。

這いずる音は次第に大きくなり、詰まりそれは何者かが徐々にこちらへと近づいている事を示していた。扉付近は危険、声を発さずとも3人は同じ考えに思い至ったようで、ほぼ同時に後ろへと飛び退いた。

「……おかしい。私の危険察知にも加護にも、何の反応もない」

「スキルに頼っちゃ不味い相手なんじゃねぇか？　悠那に先を越されちまったが、俺の鼻はビンビンに危険な臭いを感じているぜ？　一言で言えば、やばい」

「2人とも、しっかり前を見据えて！　そろそろ来るよ！」

ズル、ズルルと、もう扉の直ぐそこにまでそれは迫っている。悠那はドッガン杖を前へ構え、刀子がいつでも飛び出せるよう姿勢を低く、千奈津は木刀を鞘から抜いて炎魔剣プルートの刃を曝け出した。臨戦態勢は万端、いつでも来い。彼女達は扉奥の暗闇を注視する。

――ズズズ。暗闇から、それが這い出る。

「……えっ、スライム？」

「しかも、やけに小せぇな……」

暗闇から出て来たそれは、青色の体をプルプルと震わせるスライムだった。サイズにして悠那達の膝下ほどの高さしかなく、野生で目にする一般的なモンスターとしても、かなり小さな部類のものだ。言うなれば、成長途中の子スライム。子スライムは普通海中に生息するものだが、戦うとすればレベル1の駆け出しが相手をするような、雑魚中の雑魚に相当する。ある意味で愛くるしくも感じてしまうそんな外見を見て、悠那達は――尚も臨戦態勢を崩していない。

「まあ、見た目だけだろうな」

「たぶんね。弱そうな外見に擬態して、油断を誘ってるのかも」

「師匠が好きそうな戦法だね！」

「「確かに」」

見た目がどうであれ、彼女らにすればネルが封印しているモンスターという時点でアウトなのだ。油断軽視は存在してはならず、魔王クラスとして見るのが妥当であると踏んでいる。そしてその選択は、酷く正しかった。

――ギッ！

突如として破裂するようにスライムの体から弾かれた、何本もの触手。それらの先端は鋭利な槍先の如く尖っていて、爆発した爆弾の中から数百もの槍が飛び散ったようにも感じられた。悠那達は鋭利な先端を躱し、横っ腹を叩く形で触手を迎撃。攻撃から伝わる手の感触は重く、あの柔らかなスライムの体とは思えないほどに頑強だった。

「お、もっ……！」

「次、来るよっ！」

第一波をいなしたところで、スライムは休憩時間を用意してくれるつもりがないようだ。一度放たれた触手はゴムが縮むみたいにスライムの下へと戻って行くのだが、それを待つよりも速く、スライムはほぼノータイム、ノーアクションで同様の攻撃を全方向へと解き放つ。第二波、第三波、第四波――キリがない。それに、どう考えてもスライムの体自体を変質させて飛ばしているのだが、飛ばしている触手と元のスライムの体の総体積が合っていない。一見小さなその体には、無尽蔵とも思える量が内包されているようだった。

「この距離ならっ！　躱せるけどよっ！」

「近付いたら近付いたでっ！　接近した分、面当たりに飛んで来る攻撃も激しくなるわっ！」

飛んで来た攻撃は、もう第十波にも届くだろうか？　依然として放たれる攻撃が止まる様子はなく、それ以上に近付く事ができない。まるで全方向を射程に収める連射砲。それほどまでにスライムの攻撃は、苛烈かつ速い。

「悠那の鈍器か、千奈津の魔法で盾にできねぇか!?　このままだとジリ貧だぞっ！」

「くっ！　この威力だと、ちょっと自信ないかも……！」

「なら、私が！　でもその前にっと！」

悠那（はるな）は素早くポーチに手を伸ばし、黒弾の鉛玉を取り出した。次なる攻撃を躱すと同時に腕を振り上げ、思いっ切り投げつける！　触手攻撃の隙間を狙った投擲（とうてき）は、１ミリも想定したコースをずれる事なく、猛スピードでスライムへと詰めていった。

「おっ、流石（さすが）！」

「いっけー！」

数多（あまた）の凶悪モンスターを屠（ほふ）ってきた悠那の鉄球に回転が掛かり、間合いの直前で軌道を変更。スライムにとって死角になるのかは不明であるが、悠那達から見て正面ではなく、横にぶつかる風に弾道が変更された。鉄球にはいつもの魔法フルコースが施されている。このまま突き進めば、ほぼ間違いなくスライムにヒットする事だろう。

――ギギッ。

次の攻撃が来るタイミング。だが、来る筈の攻撃は来なかった。スライムの触手攻撃が止（や）んだ？　いいや、違う。これまで全方向に放たれていた攻撃を、２点に集中させているのだ。

力こぶを作るように盛り上がるスライムの体表面、その２か所。次の瞬間に解き放たれたのは、最早（もはや）槍ではなく巨大な掘削機を思わせる触手だった。最悪の凶器が向かう先は、悠那とスライムに迫る鉄球だ。これまでの攻撃を密集させた影響なのか、迫り来る速度も段違いになっている。躱そうにも執拗に悠那のみを狙う、何とも高性能な誘導機能付き。悠那の敏捷値では防御しか間に合いそうにない。

「やばっ……！」

「ハードリフレクト！　アルマディバインブレス！」

咄嗟にドッガン杖で防御態勢に入る悠那と、高速で防護魔法を悠那に展開させる千奈津。黒鉄のドッガン杖の前に分厚い光の壁が形成されて、悠那自身にも光の鎧が付与された。だが、これでもまだ安心はできない。悠那に迫る触手の先端面積は、今や悠那の体を余裕で超えている。おまけにドリル状となって、複雑な回転を幾重にも重ねて駆動しているものだから、直接触れる行為は一瞬でも絶対に駄目だと見て分かる。一歩間違えば、触れた箇所からミンチになってしまう。

　鉄球の方はスライムの近くにまで迫っていた分、既に掘削機と衝突していた。悠那のグラヴィにより超重量と化した鉄球には、直撃した相手のステータスを低下させるオールブレイクの効力も含まれている。結果、鉄球は高い金属音を連続して奏で、火花を散らしながら掘削機のど真ん中へと特攻。衝突時に打ち負かし、触手の半ばまで入り込んで停止した。

（うわ、やっぱり先端は硬化してるんだ……ガンさんの鉄球だから大丈夫だった感じだなぁ。やっぱり合気は禁止しなきゃ。あと、ぶつかり合いには勝ったっぽいけど――）

新たに会得した『演算』スキルの恩恵を得て、刹那の時間を使い分析を行う悠那。鉄球に押され、半ばまで引き裂かれた巨大な触手。但し、全体に広がる他の触手と同様、鉄球ごとスライムの体に戻って行くのを見るに、ダメージを受けている様子はない。そして、次は悠那の番だった。

「悠那っ！」

「私を気にせず、行って！」

「――おう！」

刀子は交差するように、悠那へ迫る巨大な掘削機の横を駆ける。前へ進む彼女の背後では、千奈津によってギリギリまで硬度を高めたにも拘わらず、重ねた障壁が易々と食い破られ、ミンチにせんとする触手が遂には悠那にまで迫っていた。

「どおおりゃあぁ――――！」

投擲した鉄球同様、渾身のフルコースを添えたドッガン杖で迎撃する悠那。横殴りに放たれたドッガン杖は触手のドリル部分を粉砕し、悠那へと向かう軌道を無理矢理に逸らす。迎撃は成功。だが、ドッガン杖と触手がぶつかった反動により、悠那は大きく後方まで、鍛錬場の入り口にまで吹き飛ばされ、壁に叩き付けられてしまう。

「あんまり調子に――」

「──乗るんじゃねぇ！」

千奈津が伸びきった巨大な触手を炎魔剣で断ち斬り、ベルセルク全開の刀子がスライム本体へ渾身の一撃を叩き込んだ。

触手を断ち斬った千奈津の炎魔剣。しかしスライムの体は切断しても、未だ自力で動いていた。千奈津はとかげのしっぽ切りを思い出しながらも、追撃の手を緩めない。分断した面から焼き払い、そこから続く長い触手に引火させていく。どうやらプルートの炎は有効打を与えられるようだ。悠那を弾き飛ばした側の触手は全て焼却され、スライム本体にへと続く触手にも赤き炎が迫る。

──ブチッ！

（っ！　自分で切り離した……！）

炎が本体に届く直前、スライムは自らの意志で触手を捨てた。体の変化が可能ならば、切り離しもまた自在なんだろう。炎魔剣による追撃は惜しくも躱される。が、炎が迫るのと同時に、刀子もスライム本体へ攻撃を放っていた事を忘れてはならない。

悠那と鉄球に攻撃を集中させていた分、今の本体には隙が多い。言うなれば、攻撃直後の硬直状態。如何(いか)なる距離も瞬時に縮められる刀子の脚力は一気に間合いを詰め、隙を晒(さら)す本体へ特大の一撃をぶちかます。

（こいつ、体が青かったから気が付かなかったが……よく見りゃ、同じ色のコアみたいなのがあるじゃねぇか！　見るからに弱点！）

刀子は本体中央にあるコア目掛け、一点集中の蹴りを放つ。図らずもそれは鋼鉄の扉を破壊した時の空中蹴りと同じもので、加速に加速を重ね、自身の全体重をも利用した一撃だった。受け手となるスライムは、体表面を変化させて硬化。あからさまに防御を固めている。

「ハッ！　どんだけ防御を固めようと、俺の前では無駄だっ！」

ベルセルク状態となった刀子の蹴りは、宣言通りスライムの防御壁をいとも容易(たやす)く貫き崩す。スライムのコアはその一点に正確な攻撃を直撃させられ、そのまま弾かれるようにして吹き飛ばされた。跳ね飛ばされたコアに引っ張られる形で、スライムの体もその後を追う。いくら攻撃しようとダメージを与える事ができなかったスライムに対し、今の一撃は確かな感触があった。

「おっし！　どうだ！」

飛ばした方を見ながら、刀子は堪(たま)らず声を張り上げる。彼女からしても、今のは会心の一撃だったのだろう。

「いったた……何とか復帰したよー」

「悠那、大丈夫？」

「うん、ちょっと腰を打っただけだから」

刀子の攻撃の後、後方に吹き飛ばされた悠那が前線に復帰。千奈津から手厚い治療を受けたので、戦闘に支障はないようだ。

「悪いな、良いとこどりしちまったぜ。下手したら、今ので倒せたかもな」

「だと良いんだけど……って、良くないっ！　あのスライム、結局何だったのか分からないじゃない！　師匠が密かに飼っていたペットだったら、一体全体どうするのよ!?」

「ま、まあまあ、俺だって反省しているんだって。……でも、ペットはないんじゃないか？」

「まあまあで済んだら世の中に警察はいらないのよ！　ああ、どうしよう、本当にどうしよう……師匠達が帰って来るまで、あと数日よね？　それまでに、苦し紛れにでもそれらしい言い訳を考えないと……」

「……俺が開けたって事にしちゃ、駄目なのか？」

「そうするにしても、タイミングが悪いわ。ネル師匠が新婚旅行で気分良く帰って来たところに、こんな水を差すような真似をしてみなさいよ。運良く命が助かったとしても、それから暫くはずっと機嫌悪いわよ？　いえ、これも希望的観測ね。旅行先でデリスさんが何かをやらかして、その時点で機嫌を損ねていたとしたら……あわわわ……」

「お、おい、千奈津っ⁉」

千奈津、フリーズ。どうもあのスライムが現れてから、千奈津の察知スキルや加護の力が上手く機能していない。そのせいもあって、先行きの見えない不安に襲われているようだ。

「2人とも、お喋りするにはまだ早いみたいだよ？」

「え、マジか？」

「マジ、みたいね……」

そう、千奈津の力はまだ復活していない。それがあのスライムによる何らかの阻害効果が働いていたとすれば、まだスライムは生きている。刀子がスライムを吹っ飛ばした場所は半壊状態、スライムを力の限り叩き込んだ影響が壁や床に達し、瓦礫の山が形成されていた。その山の中から、青の体が瓦礫を崩しながら現れて来る。中から瓦礫をどかしているというよりは、極端に膨張するスライムの体に対して、瓦礫が転がり落ちていると表した方が近いだろう。あの小さかったサイズが嘘であるように、今のスライムは触手を伸ばさずとも、天辺の頭を天井に着かせるまでに巨大なものとなっていた。

「な、何か全然元気な感じがすんな……」

「残念だったわね。良いとこどりできなくて」

「倒すどころか、さっきよりも殺気が強くなってるかな？　う一ん、ドッガン杖でコアまでの道を切り開くしかないかも……」

肥大を終えたスライムの体は見上げるまでにでかく、見るからに強くなっている。そんなスライムボディとは対照的に、弱点と思われるコア部分のサイズは変わらず、先ほどよりも更に小さく感じられた。コアを護る皮が分厚くなった分、今度からの攻撃は簡単に通してくれそうにない。

「ハァ……師匠に殺されるまで、生きていられたら良いけど」

「縁起でもねぇ事を言うなって。しかしこのデカブツ、次はどうなるってんだ？　また体を変形させてくんのか？」

刀子の疑問に、悠那と千奈津が答えられる筈がない。しかし、意外にも返答はあった。

「フェーズ2に移ったから、次は危ないわよ。準備運動がてらのフェーズ1の頃と比べて、攻撃が更に過激になるからね。貴方達は下がっていなさい」

不意に背後より耳にした、聞き覚えのある声。ただ、これまで聞いていたものと少々、いや、かなり口調が異なる。だからこそ、悠那達は彼女が誰なのか理解するまで、時間をいつもより要してしまった。

「リ、リリィ師匠!?」

「えっ？」

「先輩!?」

そこにいたのは、紛れもなくリリィヴィアだった。格好だけのメイド服を着こなし、日々を怠惰に過ごすあの駄メイド、リリィヴィアだ。しかし、纏う雰囲気がまるで違う。いつもの性質を反転させたかのように、できるお姉さん感で満ちていたのだ。あまりの別人っぷりに、悠那達は敵前だというのに動揺してしまう。

「聞こえなかったの？　さっさと下がりなさい。死にたいのだったら別だけれどね」

「あ、はいっ！　2人とも、リリィ先輩の言葉に従おう！」

「えっ、あ、あれってやっぱりリリィ師匠なのか？　双子の姉妹とかじゃなくて!?」

「疑問をぶつけるのは後っ！　退くわよっ！」

存在感溢れるリリィに従い、3人は急いで退避し始める。その際に横目で何度かリリィの顔をチラ見したが、やはり見間違える筈もなく、容姿はリリィヴィアそのものだった。

「仕事が予定より早くに終わっちゃったってのもあるけれど、前倒しで帰って来て正解だったわね。で、誰が扉を壊したのかしら?」

振り向きもせず、背中を見せたままの問い。だが、拒否権は認めないという強制力がプレッシャーとなって悠那達を圧迫する。特に嘘を言う理由もないので、悠那と千奈津は素直に刀子へ指を差した。

「……そう、またなのね」

　ボソリとリリィがそう呟く。小さな呟きだったのに、心臓を鷲掴みにするような凄味があった。ハッキリ言って不穏な空気が満ちている。正直怖い。

「まあ、それは後で処理しましょうか。今はこっちを止めないと。このスライムの種族はね、レベル8のスライムターピチュードっていうの。大八魔前六席、二つ名は『伏魔殿母』。まあ、その分身体なんだけど。名前はアラルカルと言ったかしら？　準備運動の段階だったけど、良くやったわよ、貴女達」

「大八魔の、前六席……？」

「色々ツッコミたい。何なのよ、レベル8って……」

　リリィの言葉は悠那達に衝撃を与えるものだった。魔王の頂点である大八魔、前任ではあるが、過去にその一席をあのスライムが担っていたというのだ。さっきまでは3人掛かりではあるものの、ある程度は戦えて、勝負になっていると思っていた。しかしそれは驕りであり、熾烈を極めたと感じたあの戦いは準備運動代わりでしかなかった。それも分身体という、偽物感を覚えさせる単語まで出てきてしまう。

「いや、それよりも今の殺気って、明らかに俺に向けてたよな？　鳥肌が止まらねぇんだけど！」

「その2次被害を受ける私達の身にもなりなさいよ」

刀子に限っては、違う意味でも戦慄している。

「フェーズ2は一定距離まで近づかないと、あっちからは襲って来ないから、まあ今のところは安心しなさい。……そうね、良い機会かしら。貴女達、今のうちにこのスライムについて教えてあげる」

リリィが踵を返して悠那達の方へと体を向ける。あのスライムを前に、背中を晒して大丈夫なものかと口にしたくなるが、ここは我慢。

「は、はぁ……そのフェーズというのもよく分かりませんし、よろしくお願いします」

大分慣れはしたが、やはりこのリリィにはまだまだ違和感を感じてしまう。この上なく頼もしくて、とても複雑な気持ちだ。

「まずは、こんな奴がここにいる理由を話しましょうか。昔の冒険者時代にね、黒……デリスとネルは大八魔の軍勢と戦った事があるのよ」

「「――っ！」」

悠那達は大八魔との関係性に1度驚き、リリィがデリスをご主人様としてではなく、呼び捨てにしている事に2度驚いた。そんな彼女らの反応を気にする事無く、リリィはさっさと話を進めてしまう。

「戦ったのは大八魔の第六席から第八席までの3体で、このアラルカルがそのうちの1体だったって訳」

「さ、3体も倒したんですか？」

「そ、1人頭1体の計算でね。その時は他にも1人仲間がいて3人パーティだったから、これで3体分になるわよね」

「「「……」」」

どうやら悠那達のように3人掛かりで戦ったのではなく、各々で大八魔を各個撃破していたようだ。パーティを組む意味とは一体。

「ネルはその中でも特に面倒なアラルカルと戦ってね。これは分身体だからまだ良いけど、本体のコアを込みにした彼女は相当に強かった。いえ、厄介だったとも言えるかしら？兎も角、ネルの力をもってしても、容易に倒せる相手ではなかったの」

「師匠でも……」

「はい、先輩！　先ほどから何度か出ている分身体とは、一体何なんですか？」

悠那が挙手する。

「このアラルカルの分身体、中に小さなコアがあったでしょ？　今はあの予備のコア1つしかないけど、アレって元々は他にも幾つかあってね。アラルカルの意思を宿す核のコアを中心に、何個も何個も重なり合う様にくっついていたの。イメージしやすいのはブドウかしら？」

「……詰まり、あのスライムが持つコアは予備のもので、メインのコアではないと？」

「そ、だから分身体って呼んだでしょ」

リリィが言うには、コアとはスライムにとって心臓や脳といった諸々(もろもろ)の重要器官を成す存在らしい。普通は1つしか持ち得ないこのコアを、アラルカルは他のスライムとは違って、核のコア以外に幾つも体内に所持していたという。そして、この予備のコアに自身の体の一部を纏わせたものが、今眼前にある分身体としてのアラルカル。アラルカルとしての意思はないが、攻撃をすれば反撃してくるし、何よりもコアを護ろうとする。生物としての本能はあるとの事だ。

「うげ、こんな出鱈目(でたらめ)な奴を、何体も何体も分裂させられるのかよ。大八魔やべぇな……」

「それでもコアの数は有限よ。何十体もの分身体のコアを破壊していけば、いずれ真のコアに辿(たど)り着ける。現に、ネルはそれをやり遂げた」

『伏魔殿母』の異名を持つアラルカルは、並外れた再生力、そして彼女単体から為す圧倒的な物量戦術に優れた大八魔だった。コアさえ残っていればスライムの体を無尽蔵に増やす事ができ、たとえ切り放されたとしても暫くは独力で行動可能。予備のコアを持たせれば、時間的制限がなくなり再生・変化能力までもが付与される。アラルカルはこの力を使い、次々と分身体という名の兵士を作り上げ、ネルの火力に物量で対抗しようとした。だが、その結果アラルカルは1つのコアだけを残し、他全てを燃やされ敗北した。

「本当であれば、1つもコアを残すつもりはなかったらしいわ。だけどね、何の因果かあの予備コアだけはネルの攻撃を逃れ、生き残った。アラルカルの意思を成すコアはなくなってしまったけど、それでも自壊しないあたり、単独で生きていると見るべきなのかしらね……自己防衛をしたりする、生物として最低限の本能はある。一方で、確立された自我は持たない。それが今のアラルカルなのよ」

「……（プスプス）」

「わ、悪いがリリィ師匠、もっと分かりやすく頼む……」

悠那は演算スキルを必死になって発動させ、刀子は考えるのを放棄した。

「個体としては馬鹿みたいに強いけど、思考レベルはそこら辺のスライムとそう変わらないとでも思っておきなさい。ここにいるのはアラルカルの名残であって、大八魔としての彼女はとっくに死んでいるのよ」

「「へ、へー……」」

「あの、もしかしてですけど……さっき言ってたフェーズ1やら2とは、もしかして……」

何かに勘付いたのか、千奈津は腕を組んで考えるような仕草を取った。

「千奈津は鋭いわね。ネルは生き残ったこのコアをここに持ち帰って、鍛錬用モンスターとして教育したの。コアさえ無事ならいくら燃やしても直ぐに再生するし、倒してしまうにはもったいないとか言って。フェーズなんて呼び方をしてるのは、ネルの趣味かしらね？」

「やっぱり……」

「思考レベルが低いからって、自分が上だと無理矢理に分からせるあたりがネルよね。本当に自力で調教しちゃってる訳だし」

あそこの扉を開けたら鍛錬スタートの合図だと覚えさせて、ネルは自分好みにスライムを調整していった。フェーズ1は文字通り、準備運動の為の軽い攻撃。コアに触れたらフェーズ2に移行して、かなり攻撃的な形態へ。今のアレがそれに当たるらしい。ちなみにコアは刀子程度の攻撃を数発受けても死にはしないが、壊さない為にも触れる時はソフトタッチが基本になるらしい。

「す、凄いですね」

「まあ、ネルだし。で、更にこの状態からコアに触れたら、次は鍛錬最終段階のフェーズ3。アラルカルの最大攻撃を飛ばして来るから、それを打ち消して鍛錬終了よ。後は自分から壊した修練場を修繕して、勝手に扉の奥へ帰って行くわ」

「凄い！　教育が行き届いてる！」

「悠那、驚くところが後半に傾いてない？」

話を終えてパキパキと指を鳴らし始めたリリィは、再びスライムの方へと体を向け直した。先ほどの手順を実践してくれるのだろうか？

「……そう言えば、刀子。イエローカードも重なれば、それで退場になるって言葉、知ってる？」

不意にリリィから問い掛けられた刀子。イエローカードが重なれば、それは退場を意味するレッドカードを突き付けられるのと同じ意味となる。もちろん、刀子はその意味を知っている。知っているが、なぜここでその話をされたのか、意図が読み取れなかった。

「知ってるも何も、一般常識だぜ？」

「そう？　私はその一般常識とやらを、悠那に教えられるまで知らなかったのだけれど」

「あ、いや……そういや、この世界にはサッカーやらのスポーツがねぇからな……」

千奈津は機能しないスキル云々の話を抜きにして、長年の経験から感じ取る。あ、これやばい奴だ、と。

「イエローカードは1枚目が警告を、2枚目は退場を示すそうね。その認識で合っているかしら？」

「あ、ああ……」

ゴクリ。刀子は無意識に、生唾を飲み込んでいた。額や背中には嫌な汗が流れているし、自慢の鼻も最大レベルの警戒を促している。だが、だからといって彼女はどうする事もできない。足が動かないのだ。

「トーコ、貴女の頭でも分かりやすいように、心底丁寧に教えてあげる。イエローカード1枚目、学院にて。卒業祭に途中参加しようとして、出場選手の生徒を襲おうとしたわね？」

「……した」

「したぁ!?」

「し、しましたっ！」

視線だけ少し振り向いて見せたリリィの瞳を見て、刀子が大声で返事をする。悠那も千奈津も、刀子が敬語を使っているのを初めて耳にして、そのまま耳を疑った。更に、二次被害で殺気を当てられる。めっちゃ怖い。

「仮に生徒を気絶させて、成りすまして出場できたとして、得物となる杖はどうするつもりだったのよ？　勢いだけで突き抜けられると思ってるの？　私に恥をかかせたいの？」

「……」

俯き、刀子は口を噤んでしまう。

「それでも、私とデリスは貴女を許したわ。まだ警告の段階だったから。でもね、今日の一件でイエローカードも2枚目。ネルが開けるなと釘を刺していた扉を、貴女は好奇心から壊してしまった。その結果、出て来たのがあのアラルカルよ。私がここに来ていなかったら、貴女はハルナとチナツを道連れにして死んでいた。ほぼ間違いなく、殺されていた。……違う？」

「で、でもよ、最初は上手く戦えていたし、そのフェーズ2って奴もいけるかも――」

「――そう？　なら、ちょっと試してみましょうか」

刀子の耳元で、酷く妖艶で心に響く声が発せられる。

「あっ」

「えっ？」

悠那達はリリィの話を聞きながら、彼女をよく注視して見ていた。しかしいつの間に移動したのか、リリィは刀子の後ろに立っていた。今まで見ていたのは残像だったのか？　悠那達はそれさえ分からず、目で追う事もできなかった。

緊張感が更に煽られる。特にリリィの視線と声を直に浴びる刀子の心臓は、今にも爆発しそうだ。次いで刀子が感じたのは、ひんやりとした手の感触だった。そして漆黒の翼が広げられ、リリィの本来の姿である角と尻尾が顕現させられる。

「フェーズ2の世界、ちょっと体験しに行きましょうか」

声を出す事までも置き去りにされ、リリィに首根っこを摑まれた刀子がその場から消える。この瞬間も、悠那と千奈津は認識する事ができない。

「ハルナ、チナツっ！　分身体の方を見ていなさい！」

「「は、はいっ！」」

どこからともなく聞こえてくるリリィの声に、無意識のうちに返事をしてしまう2人。彼女らの脳が考えるよりも速く、体は自然とアラルカルの方へと向けられる。

「――！」

「〜〜〜っ!?」

「さ、格闘術が有効でない相手に対する、力の使い方を教えてあげる！」

刀子が知る世界より数段階上の、光速の世界。認識が追い付かず、極彩色のみが彼女の視界に彩られている。リリィの速度に無理矢理合わせられた刀子がいるのは、アラルカル分身体が攻撃射程領域とする間際の場所。しかし、刀子がそこまで分かっている筈もなく、当然ながらまるで覚悟は決まっていない。そんな状態でフェーズ2の洗礼を浴びるのは、悲劇の幕開けとしか言いようがなかった。

リリィ（と刀子）によりテリトリーを侵された直後、アラルカルの巨体は大小様々な古今東西の得物を作り出した。それはフェーズ1の際の、単純な槍の模倣だけではない。巨大なドリルや回転カッターといった重機から、挙句の果てにはパイルバンカーなど架空兵器まで、本当に様々。そもそも、なぜこんなものを模す事ができるのかというと、現第五席の影響を多分に受けているのだが、それはまず置いておこう。

刀子からすれば、フェーズ1で見た採掘機による集中攻撃の手数が、何十倍にも増えたようなもの。ご丁寧にコアの護りも万全で、これだけの巨大な武器付き触手を出しているというのに、本体の体積はまるで減少しておらず、逆に未だ増えているようにも思えた。

「舌、噛まないようにっ！」

ぐんと、空気に叩き付けられる。アラルカルの攻撃を受けた訳じゃない。リリィのスピードに、ただ刀子が付いて行けていないだけの話だ。刀子を連れたリリィはアラルカルの猛撃を舞うように掻い潜り、自身と刀子に攻撃が当たらぬよう配慮しながら接近する。配慮はしているが、その軌道が余りにも変態的で時たま直角に曲がったりする為に、別の意味で刀子にはダメージが蓄積されていた。

アラルカルの体はもう間近。されど、コアを覆うスライムの体は既に変異を始めており、分厚い装甲を何重にも張るように強固なものへとなっている。それに合わせるようにして、リリィの空いている腕側の爪が伸び、そして尖り、鋭利な形へと変貌していく。

「邪魔」

アラルカルの真上に飛び出したリリィが、そこから垂直に急降下。その際に振るわれた怪異の手は手刀を作っており、アラルカルの装甲をなぞりながら着地するのであった。アラルカルの装甲に、ハッキリと描かれる1本の巨大な亀裂。更にリリィは着地時に衝撃波を放ち、その亀裂を両端へ切り開かせるようにして、圧倒的な圧を浴びさせた。

バカリと剝き出しになってしまうコアへの道。アラルカルはその断面から迎撃しようと触手を作り出そうとするが、全てが遅過ぎた。盛り上がろうとする断面のこぶはリリィの打撃によって悉く潰され、コアを覆い直そうにも速度が追い付かない。そうしているうちにアラルカルのコアは鷲摑みにされ、スライムの体からすっぽりと抜き去られた。

余談ではあるが、リリィはここでちょっとした裏技を使っていた。フェーズ3に移行する前にコアを抜き取れば、その時点で鍛錬終了なのである。

「これくらいは動けないと、とても太刀打ちできる相手じゃないのよ。理解した？」

「……」

「お前が死んでも、困るのはデリスに教育を任された私だけ。でもね、ハルナとチナツまで道連れにされちゃ、冗談じゃ済まなくなる。あの子らはデリス達のお気に入りだし、下手をすれば私達を巻き込んで――ちょっと、聞いてる？」

「……」

返事はない。ただ気絶しているようだ。

「リリィ先輩！　刀子ちゃん気を失ってます！」

「ハァ、どこまでも軟弱ね……良いわ、決めた」

抜き取ったコアをポイッと投げて体に戻し、リリィは片手で持っていた刀子を肩に担ぎ直す。

「2人とも、ちょっとこの子借りてくから」

「え、あ、はい……？」

「それは構いませんけど、どちらへ？」

「このままじゃアレだから、私の領土で心身共に鍛え直して来るわ。勇者選定の日には間に合わないでしょうけど、別に貴女達がいれば問題ないでしょ？　デリスにもそう伝えて」

「「は、はぁ……」」

リリィヴィアの領土と言われても、それがどこにある何という場所なのかが分からない2人。しかしながら反論する訳にもいかず、悠那達は刀子がリリィヴィアに連れ去られて行くのを黙って見ているしかなかった。

「私の治める国は世界最大の花街でね。戦士としても、女としても立派に鍛えてあげる。あら、立派なものを胸に持ってるじゃない、トーコ。なかなかどうして、素質があるかもね」

少しばかり、いや、かなり不穏な台詞(せりふ)を言ってるような気がした。

――修行28日目、終了。

——修行29日目。

刀子がリリィに誘拐された翌日。昨日の死闘が嘘だったように、屋敷は実に平和なものであった。

「平和だね～」

「平和ね～」

　この世界に転移して、そろそろひと月が経とうとしている。異世界という慣れぬ環境は苦労の連続。ここまで来るにはとても長い道のりで、だけれども日々が濃厚過ぎて一瞬で過ぎ去ってしまったかのような、不思議な感覚だ。そんな過去の日常を振り返ってみても、こんなに何も起きない日は本当に珍しいものだった。

　家事手伝いや騎士団の管理職としての仕事、一息ついたら2人で鍛錬をしたり、相談所に出向いたり。トラブルらしいトラブルはない。千奈津は平和なひと時を本気で噛み締め、今日という日を謳歌していた。今は悠那の演算スキル向上の為に、千奈津のお悩み相談所の手伝いをお願いしてもらっているところである。

（まあ、デリスさんも師匠も刀子もいなければ、これが普通なのよね。うん、やっぱりト

ラブルメーカーの存在って大きいんだわ）

今日1人目の相談人を見送り、ふとそんな事を考える千奈津。リリィに連れて行かれた刀子の安否は不明だが、流石に死にはしないだろうと深く考えない事にした。罰は罰、罪はしっかりと償う必要がある。それが常識人としての、千奈津の考えだ。

（女として鍛えるのは、まあ、その……やっぱり深く考えないようにしよう……）

世の中には、自分ではどうしようもない事もある。千奈津は顔を仄かに赤く染めながら、誤魔化すように顔を横に振った。刀子の流れで、地下鍛錬場についても昨日の事を思い出す。

リリィが去った後、コアを取り戻し再起動したアラルカル。悠那と千奈津は思わず身構えもしたが、彼女は特に気にする様子もなく、損傷した鍛錬場の修復をし始めた。壊れた瓦礫をバクバクとその身に取り込み、細かく砕いて再構成。自身の体を繋ぎにして、傷ついた壁や床に塗りたくる。真っ平らに舗装されたそれらは、コンクリートが乾いていくように次第に硬化。そんな調子で扉までも修理し終えるアラルカル。彼女が扉奥に帰って行く頃には、全てが元通りの状態に戻っていた。土木系スライム、ここに降臨。

「ボロボロになった鍛錬場、どうしようかと思ってたけど、無事に直って本当に良かったわ……あの扉も……」

「千奈津ちゃん、急にどうしたの？」

「いえ、肩の荷が1つ下りたと思ってね」

「?」

実際、地下鍛錬場は今や新品同様の輝きを取り戻していた。どこを見ても粗はなく、プロの仕事振りを見せ付けられた。これはこれでネルにバレてしまうだろうが、破壊され尽くした状態を見せるよりは百倍マシだ。騒動の原因はアラルカルであるが、そもそもの発端はこちら側なので今は感謝の気持ちしかない。ありがとう、前六席さん。千奈津は鋼鉄の扉を前に、手を合わせて感謝した。南無南無。

「そう言えばさ、刀子ちゃんが連れ出した立花さん達には会った?」

「刀子が暫く留守にするって伝言もしたかったから、昨日挨拶に行ったわ。城を出れて生き生きしてたわね」

刀子は不在であるが、刀子が城から連れ出した女子生徒達にも生活はある。刀子の事はさて置き、悠那はそちらを心配していたようだ。

今デリスが用意した共同体にて生活している生徒の数は、女子が5名。刀子が部長を務める空手部の部員である立花(格闘家レベル4)と朝倉(料理人レベル3)、その他の部活に所属する工藤(魔法剣士レベル4)と三重(商人レベル3)、眼鏡を掛けた帰宅部の大石(狩人レベル3)。内訳はこのようになっている。

「朝倉さんの職業は料理人だったよね? なら、食生活は問題なさそうかな。この前私が顔を覗きに行った時に冒険者ギルドを紹介したから、生活費も普通に稼げると思う」

「前よりレベルアップしてる子もいたし、まあ普通に生活していく分には大丈夫そうね。刀子が鍛えたのかしら？」

刀子がいなくなる数日前、悠那の紹介で向かった冒険者ギルドにて、彼女らは新たに冒険者の登録を行っていた。ギルド長にして受付のジョル嬢に将来を期待される悠那の紹介という事、更には全員がうら若き女子という事で、早速ギルド中の注目を集めていたものだった。

「刀子ちゃんがリーダーになって、パーティに名前とか付けてたっけ。私、ギルドの討伐依頼は基本単独行動だから、そんな風習があるなんて知らなかったよ～」

「リーダー、早速離脱しちゃったけどね。ハハ……」

この世界における冒険者パーティには、チームの名を分かりやすくする為に、パーティ名を登録する制度がある。即席の野良パーティの場合は無理に付ける必要はないのだが、普段から行動を共にする者達と組む際は、そうした方が名を上げやすく、良い仕事が回ってきやすいのだ。ちなみに、刀子達のパーティ名は『焔猫』というらしい。全員が全員、猫派である事から名付けられたそうだ。

「パーティ名か～、うーん」

「どうしたの？」

「例えばさ、私と千奈津ちゃんがパーティを組むとしたら、何て名前が良いかなって」

「私と？　私、冒険者じゃないんだけど……」

「登録するだけなら、国の兵士さんでも別に構わないらしいよ？　師匠やネルさんも、一応は籍を残してるみたい」

「え、そうなの？」

千奈津は少し驚く。引退したと聞いていたので、てっきり辞めているとばかり思っていたのだ。

「とは言っても、ジョルお爺さんが除籍しないで、書類上で残してるだけなんだけどね。この前、ジョルお爺さんからこっそり聞いたんだ」

「悠那、ちゃっかり凄い情報を収集していたのね……ええと、師匠とデリスさんも冒険者出身なのよね？　やっぱり、パーティに名前があったり？」

「あ、そこまでは聞いてなかったなぁ……うー、気になるかも。千奈津ちゃん、相談所の仕事が終わったら、冒険者ギルドに足を伸ばしてみない？」

デリスとネルの冒険者時代、そのパーティ。過去を探って良いものかと思案してしまうものの、千奈津も実は気になっている。まあ名前くらいなら大丈夫か。と、軽い気持ちでオーケーするのであった。

「よーし！　それじゃあ、迷える子羊の悩みをどんどん解決しまくろう！　おー！」

「悠那、気合いを入れるのは良いのだけれど……さっきの悩みの回答みたいなのは、もう駄目よ？」

　本日1人目の悩み人、ムーノの相談にて。尊敬し崇(あが)める騎士団長のネルが結婚すると聞きつけ、何やら複雑な心境にあった彼。素直に祝福したい気持ちもあるのだが、やはりモヤモヤする気持ちもあるようだ。この悩みに対し、危うく悠那は新郎(デリス)とムーノをバトらせる類(たぐい)の提案をするところだった。夕日の下、河原で殴り合えばスッキリするという発想である。どこの熱血モノであろうか？

　ムーノの性格上、それを提案すれば恐らく乗るだろうと千奈津は逸早(いちはや)く察知した。デリスの性格にも難があるし、ネルに知られれば事である。高速思考を展開、最も無難な解決案を模索。悠那の話を中断させ、方向転換。それよりも早くに代案を出して、事なきを得たのであった。

「うん、気を付けるね！」

「分かってくれたのなら、大丈夫よ。うん、今日は平和ね～」

　この程度の悩みであれば、千奈津的にはオッケーである。むしろ落ち着く。

相談所での仕事兼レベル上げを終えた悠那達は、その足で街の冒険者ギルドへと向かった。時刻は夕刻の少し前。モンスターの討伐から帰還した冒険者達が酒場に向かい、今日の祝杯を挙げ始める時間帯だ。案の定、ギルド内に併設された酒場では、ピーク時ではないにしてもそこそこの盛り上がりを見せている。

「へー、ここが冒険者ギルド……結構賑やかなのね」

「夜は私も来た事がないんだけど、もっと騒がしくなるんだって」

「それはもう、毎夜毎夜がお祭り騒ぎじゃわい。いらっしゃい、ハルナちゃん」

そんな話をしながらギルド内を歩いていると、受け付けカウンターの重鎮、ジョルジアがにこやかに挨拶をしてきた。デリスと一緒であれば、まずしないであろう爽やかな挨拶である。

「こんにちは、ジョルお爺さん!」

「えっと、こんにちは」

「むむ、そちらのお嬢さんは？　またハルナちゃんのお友達かい？」

また、というのは、昨日ここを訪れた刀子達『焔猫』の後の事だからだろう。

「うん、私の親友の千奈津ちゃん！」

「千奈津です。よろしくお願いします」

「ほう、この前の子とは打って変わって、随分と礼儀正しい……ああ、いや、決してあの子が悪いと言っている訳じゃないんじゃよ？　言葉の綾じゃ」

キチンとお辞儀をする千奈津に感心したのもあってか、ジョルジアはぽろっと刀子の事を口にしてしまう。既にここでも何かをやらかしていたようだ。

「……刀子、ここで何かしたの？」

「あ、刀子ちゃんは悪くないんだよ？　ただ、あれだけの女の子が纏まってここを訪れたのが注目されちゃって、三重さんが酔った冒険者の人に絡まれちゃって、それで――」

「――ぶっ飛ばしちゃった？」

「「正解です（じゃ）」」

聞けば、よくあるパターンの話だった。悠那がカウンターで話をしている最中、顔を赤くして見るからに酔った冒険者が清純派系の三重に近づき、「よう嬢ちゃん可愛いねー、ちょっと酌してよー」と無理矢理に腕を取ったらしいのだ。三重は小さく悲鳴を上げ、次の瞬間には刀子の蹴りが炸裂。もちろん手加減はされていたそうだが、冒険者はギルドの壁を突き抜けて外にまで転がされたという。

「あれがその時の壁だよ」

悠那が示した先には、壁に急遽貼り合わせたかのような板が打ち付けられていた。その横には貼り紙が掲示されており、『飲酒によるトラブル厳禁！』と、でかでかと記されている。そのせいもあってか、ここ数日は酒癖の悪い冒険者も大人し目だという。

「刀子も悪い子じゃないんだけど、もう少し落ち着きがあればね……」

「その点、千奈津ちゃんは安心だね」

「え、何で？」

「肩書きの影響力が強過ぎると言いますか」

「あー……」

　魔法騎士団副団長、そう名乗るだけで騎士団を知る大抵の暴れん坊、ならず者はチワワと化す。それだけ千奈津直属の上司は恐れられているのだ。それは千奈津も既に実感済みで、騎士団の仕事の一環で警邏に出た際、酔って喧嘩をしていた者達が千奈津を見た瞬間、態度が一転するほどだった。

『んだとこらぁっとぉー!?　き、騎士団の皆さん、お疲れ様ですぅ！　いや、なんでもないんスよ。こいつとは肩を組むほど仲が良くって、へへっ！　なっ、なっ！』

『そ、そうなんですよ！　さ、今日はもう帰って明日に備えないと！　労働って楽しい！』

　ざっとどこもこんな感じである。真っ赤だった顔は一気に青ざめ、犬猿の仲も偽りの親友に成り代わる。街の治安を維持するのに、ネルの威光は今日も絶大な効果を発揮していた。

「むむ？　もしや、君が空席だった騎士団の副団長に着任したチナツ・ロクサイなのかい？　噂には聞いていたが、本当に若いのじゃな」

「ええ、身に余る役職を賜りまして……」

「そう謙遜するでない。前にネルから君の事を聞いておったよ。……それにしても、あのネルからよくこんな謙虚な子が育つもんじゃな。デリスの時といい、弟子は師匠に似ないのじゃろうか？　うむ、素晴らしい事じゃ。いや、マジで」

ああ、この人も巻き込まれる側なんだな、と千奈津は直観的に感じた。ちょっと親近感。

「ジョルお爺さん、千奈津ちゃんも冒険者に登録したいんですけど、大丈夫ですか？」

「ハルナちゃんの紹介なら、何の問題もなかろうて。職もこれ以上ないほど確かなものじゃし、反対する要素が全くない。おまけに、ハルナちゃんと同じくらいに可愛いからのう！」

「もう、ジョルお爺さんったらお上手なんですから～」

「あはは……」

あ、でもこの人ちょっとだけ調子に乗りやすいタイプだ。と、千奈津は客観的に思った。

親近感、ちょっと後退。

「登録だけなら直ぐに終わるぞい」

「あとあと、パーティ名も決めたいですっ！　私と千奈津ちゃんで！」

「ほほう、遂に我がギルドの稼ぎ頭がパーティを組むのか！」

ジョルジアの声に、ギルド内が若干ざわつく。それまで本日の活躍を声高々に謳っていた冒険者も、思わず言葉を詰まらせていた。

「聞いたか？　あの賞金女王がパーティを組むんだってよ」

「相手は騎士団の副団長様だと!?　何て恐ろしいパーティなんだ……！」

「あ、あれ……？」

軽い気持ちで来たのが誤りだったのか、千奈津が想像していたよりも波紋が広がっている。

「は、悠那、貴女ってそんなに有名だったの？」

「え？　うーん、どうなんだろ？　人の視線ってあんまり気にしないからなぁ。私、鍛錬の合間時間にひと狩り行ってただけだよ？」

モンスター討伐のノリが、どこぞのゲームのそれである。日本にいた頃から、数々のスポーツや武道で栄光を手にしてきた悠那。彼女が今更この程度の噂や視線を気にする筈もなく、それらは悉くスルーされていた。されど、このひと月で蓄積された功績は確かなもの。今や悠那は賞金モンスター撃破数で、アーデルハイトのトップに立っているのだ。

「いやいや、ハルナちゃんが自覚してないだけで、この辺ではかなり有名じゃからな？」

デリスの言伝で適任のいない厄介なモンスター討伐依頼を、ジョルジアが率先して悠那に回していたのも、悠那が賞金女王となるのに一役買っていた。尤も、それがなくとも単独で上位のパーティ並みに稼いでいたのは確実だろう。

「パーティの登録も了解した。して、肝心の名前はどうするのじゃ？」

「『柴犬』でお願いします！」」

悠那と千奈津はどちらも犬派、それも柴犬が特に好みであった。パーティ名としてはどうなのか、やや疑問の残る名前だ。デリスやクラスメイトがこれを聞いたら、まず間違いなく首を傾げるだろう。

「猫の次は犬、と……変わった名前じゃのう。よし、登録しておいたぞい」

が、この世界において柴犬は存在せず、狂犬や猟犬といったニュアンスで受け取られてしまった。パーティ『柴犬』、爆誕の瞬間である。

「ありがとうございます！　それとジョルお爺さん、この前聞いた師匠の冒険者時代の話、もう少し詳しく知りたいんですが……」

「おっと、それ聞いちゃう？　ええよええよ、確か資料をあそこに残しておったかの。2人とも、客室にきんさい。ワシ、何でも教えちゃうよ？」

「わーい」

「わ、わーい」

カタリと担当不在の立て札をカウンターに置き始めるジョルジア。彼の軽過ぎるフットワークにより、何の障害もなくデリス達の昔話を聞ける事になった。

◇　◇　◇

ギルドの客間に通された悠那と千奈津は、ソファに座ってジョルジアを待っていた。資料を探して来るという事で、ジョルジアは少し席を外しているところだ。暫くして、コンコンと扉をノックする音が聞こえてきた。ジョルジアが戻って来たのかと思ったが、部屋に入って来たのはフードとマスクを被った女性だった。声は発さず、ただその手にはお茶を載せたお盆がある。

「……（ぺこり）」

「あっ、解体屋さん。こんにちは〜」

「……（ことり）」

「ありがとうございます！」

「……（じー）」

「はい、それではまた！」

「……（ぺこり）」

ガチャリと扉が閉まる。女性は一言も声を発さずお茶を2人の前に置き、お辞儀だけしてそのまま出て行ってしまった。奇怪なマスクに無言を貫かれては、不愛想を通り越して不気味である。千奈津はただただ呆然と見ている事しかできなかったが、悠那は一方通行の会話を慣れた様子でしていた。

「えっと……悠那、今の人は？」

「ギルドの職員さんだよ。解体専門らしくて、私がモンスターを丸々持ち込んだりした時に、お世話になってるんだ。結構顔も合わせてるから、今じゃあんな感じで色々気を利かしてくれるの」

「そ、そうなんだ……」

一応、悠那との仲は良好らしい。どこの世界にも変な人はいるんだな。見た目はあれでも実は良い人なんだな。今日は折角の平和な日なのだ。千奈津はそう思い込む事にした。

誤魔化しがてらに口に含んだお茶がやや薄い気がしたが、気にしない。

「お待たせしたのう。おや、そのお茶は？」

「マスクの職員さんが出してくれました。ゴブ茶は健康に良いですからね」

「……（ゴブ茶っ!?）」

千奈津、雰囲気が雰囲気なので、心の中で猛烈にツッコミを入れる。流石にゴブ茶は、気にしないではいられなかった。ゴブとは詰まりゴブで、要はゴブゴブで。頭の中でそればかりがリピートされる。

「ほっほっほ、そうかそうか。珍しくイーの奴が仕事部屋を出たと思ったら、ハルナちゃんに会いに来ていたのか。他人に興味を示さないあの子らも、ハルナちゃんには心を開くからのう。デリスの奴にも見習わせてやりたいわい。……ところで、ゴブ茶とは何じゃ？」

「ジョルジアさんも知らないんですかっ！?」

「ち、千奈津ちゃん？」

柄にもなく叫んでしまった事に、千奈津は猛省する。しかし、我慢ならなかった。辛抱できなかった。

「ほっほっほ、冗談じゃよ、冗談。もちろん、ワシも知っとるわい。ディゴブラという国の名産品でな。元々はゴブラ茶と言っていたのじゃが、今では短くなってゴブ茶と呼ばれておる。はて、何かと勘違いしたのかの？」

「〜〜〜」

してやったりといった様子で、ジョルジアが顔を緩ませながら解説してくれた。絶対わざとである。千奈津の親近感、限りなくゼロに近づく。

「冗談はさて置き、そろそろ本題に入ろうかの。デリス達の記録、発見してきたぞい」

ジョルジアが客室のテーブルの上に、バサリと資料を広げる。

「デリスとネルが引退したのは、今から何年も前の事だ。ああ、ネルが魔法騎士団の団長になったのも、丁度その頃じゃったかな？」

「師匠やネルさんくらい強いなら、冒険者としても有名だったんですか？」

「そりゃあのう、『黒鉄（くろがね）』や『殲姫（せんき）』といった二つ名があるくらいじゃし。世界でも指折りの冒険者パーティじゃったよ。ただ、引退を表明する前日、あいつらは1人の仲間を失った。大八魔との戦闘に巻き込まれて、逸れてしまったそうなのじゃ。『畏怖』の二つ名を持つ、恐ろしいまでに金銭に執着するエルフなんじゃが、可愛い顔して此奴もデリス達に負けぬほど曲者でのう。ワシもいくらの金を巻き上げられた事か……」

　ジョルジアは自らの膝を叩き、とても落胆していた。そのエルフが死んだ事をというよりは、金を持ち逃げされた事に対して。どれだけのあくどい被害に遭ったのか、彼のしわの深さが物語っているようだった。

「エルフ、ですか？」

「エルフって、あの耳が長い？」

「む、お主らはエルフを見た事がないのか？　まあ、基本的に閉鎖的な社会を好む種族じゃから、運が良くない限りは会う機会もないか。畏怖は偏屈なエルフの中でも特に変わり者で、金と拷――ああ、いや、今のなし」

「「？」」

　ハッとした様子で、ジョルジアが言い淀む。何か言い辛い事があったのか、或いは話す必要がないと判断したのか。どちらにせよ、これについては悠那達に伝える気はないらしい。

「兎も角！　畏怖はデリスとネル並みに変人で超人じゃった！　ギルドの記録や世間の噂

では戦死した事になっておるが、ワシは違うと睨んでおる。ここ最近じゃあ、奴の故郷であるエルフの里がリゾート化されての。金儲けの匂いがプンプンするのじゃ！　絶対、奴が裏で手を引いておる！」

ジョルジアの話を聞いて悠那達は思い出す。そう言えば、自分達の師らが新婚旅行に向かった行先が、エルフの里だったような、と。何度もまさかと思い直すも、デリスやネル並みに変人で超人なら――

「否定できないかも……」

「否定できないわ……」

「じゃろう!?　そう思うじゃろう!?　あの守銭奴、財産残して死ぬたまじゃないぞい！　相手が大八魔とか関係なく、絶対生き残っておるって！」

この場にいる者達が知る事実ではないのだが、実際のところ、そのエルフは生きている訳で。何の確証もないジョルジアの予想は存外、的を射ていた。しかしながら、悠那達はつい先日に大八魔の力の一端を目にしている。師の突出した強さは己の身で体感しているが、大八魔の恐ろしさもまた知っていた。正直、どちらが上かなんて分からないのだ。

（あれ？　でも、リリィさんが各個撃破とか何とか、あの時に言ってたような？　……あ）

千奈津、気付く。

（……これはたぶん、言わない方が良いわね）

察し、千奈津はそのまま口を噤んだ。

「あ、そうでした！　ジョルお爺さん、師匠達は何というパーティを組んでいたんですか？」

「パーティ名かい？　むう、一応あったかのう。資料のどこかに……おお、あったあった！　これじゃ」

ジョルジアから、一枚の紙を渡される。パーティ名登録の際に使用した、記録用紙のようだ。そこには、こう記されている。

「――『破天荒』？　どういう意味だろう？」

「豪快って意味と勘違いされやすいけど、前代未聞だとかそういう意味だったと思う。まあ、ピッタリといえばピッタリね……」

「ホッホッホ、前代未聞と来たか！　ああ、名は体を表すもんじゃのう……どいつもこいつも前代未聞じゃて……」

「あはは、洒落になりませんね！」

それから悠那達は、ジョルジアよりデリス達の話を更に聞いた。デリス達は冒険者になった頃から馬鹿みたいに強く、引退時には職業レベルがレベル8にも届いていたらしい。

そして、どうも昔からトラブルメーカーだったようで、幼い殲姫が無邪気に突貫して場を荒し、そこから畏怖が金目になるものを巻き上げ搾り取り、最後に黒鉄が火消しして都合の悪い証拠の隠滅、その諸々を行っていたという。

「……盗賊ですか？」

「いやまあ、対象は悪人やモンスターじゃったし、相手は選んでおったよ……あの頃のデリスは今とは違い、大分苦労していたようじゃ。デリス自身も常識人とは程遠いものじゃが、それ以上の問題児を2人も抱えておったからの。心身共に疲れていた様子で、当時は心配したもんじゃったわい。尤も、そのお蔭であの腹黒さがより濃く、裏方の情報操作に長けるようになったとも取れるがの」

「ああ、苦労すればするほど強くなるって、もしかしてそこから来てるのかな……」

「千奈津ちゃん？」

「あ、ううん、こっちの話」

「やっぱり師匠達は凄かったんだね～」

「まさか、あの大八魔と同じレベルだったとは……いえ、リリィさんを圧倒した辺りから、何となく勘付いてはいたけれど。そんな強さの人間が3人もいたら、そりゃ強いわよね……」

　ギルドからの帰り道、悠那と千奈津は雑談をしながら歩みを進めていた。あの後もジョルジアから、当時の功績など色々な話を聞いたのだが、出て来るのは冒険者として数多く打ち立てた偉業ばかり。その結果、どれだけ彼らが人間離れしているのかを、より際立たせる事となっていた。

「そういえば師匠とネルさん、そろそろ戻って来るのかな？　確かお城でやるって噂の勇者選考会、明後日だよね？」

「出発する前に聞いた話だと、明日には旅行から帰って来る筈だけど。私は師匠の機嫌が心配よ……」

「大丈夫。たぶん、ネルさんはニコニコしながら帰って来るよ。お土産とかもあったりして！」

「お土産かー。エルフの里だから……こう、野菜的な？」

「あはは、かもね！　でも、エルフの里って一度は行ってみたいな～。エルフの人達に会ってみたいし、きっと凄く幻想的な場所だよ！」

　エルフの里に想像を膨らませ、深き森に住まうエルフを夢想する2人。今までのように長い山道を登る必要がない為、屋敷には直ぐに到着するだろう。しかし、それまでの間の楽しいこの時間、2人は思いっ切り満喫するのであった。

──そして、翌日。破天荒な2人が帰還する。

──修行29日目、終了。

◇　◇　◇

──修行30日目。

「長い間留守にして悪かったな。これ、旅行先での土産だ。美味しく頂いちゃってくれ」

「はい、これとこれとこれと──」

エルフのリゾート地から帰って来た俺達は、弟子に感謝を込めて土産を渡す。菓子やらバターやら肉やら、ちょっと買い過ぎたかな？　と思う程度に渡してやる。このサプライズに驚いてくれたのか、ハルと千奈津は硬直していた。フハハ、そんなに喜んでくれたのか。

「あ、ありがとうございます」

「こんなに沢山、良いんですか？」

「ああ、想像以上に特産物の種類が多くてな。選びきれずに、迷ったもんは全部買ってきた」

実際に訪ねて驚いたが、過去にエルフの里であった場所は凄まじい開発を遂げていた。

木々生い茂るハワイって言えば良いのかな？　元々里の自慢だった澄み渡った巨大湖を中心にリゾート化されていて、森林浴と日光浴が両方楽しめる場所となっていたのだ。到着した瞬間に俺達を出迎えてくれるのは、美形揃いのうら若きエルフ達（年齢不詳）。厳格だったお国柄はどこにいったのか、観光客である俺達を笑顔で迎えてくれて、更には里の固有品種である花で編んだ首飾りまでかけてくれる手の入れよう。この時点で、俺が持っていたエルフのイメージは崩壊。ハワイの陽気な人柄、情景に上書きされる。

巨大湖はただ綺麗なだけではなく、ボートやカヌー、それどころかエルフが使役する水精霊の力を利用した水上スキーまでもが利用可能。もちろん、水着で泳ぐのもオーケー。1時間毎に精霊達によるダンスやコンサートなど異なるステージが水上で開催されて、湖だけでも観光客を飽きさせない工夫がこれでもか！　という具合に施されていた。あの気まぐれな精霊達を、金儲けの為によくここまで使役できるようになったもんだと、違う意味でも感心してしまったものだ。ちなみにであるが、ここで飲む事ができるドリンクサービスの担当エルフ、全員もれなく美女＆水着である。

エルフリゾートの施設はこれだけに収まらない。リゾート内部には牧場があって、そこには鳥豚牛と食用家畜が飼育されている。エルフは菜食主義？　いつの時代の話ですかと笑われてしまう有様だ。特産の高級ブランド、クワイ鶏クワイ豚クワイ牛を各国に少量だけ流通させ、この場所を訪れないとなかなか食す事ができないようにと、希少価値を高め

ているそうだ。話によれば、ここでしか栽培できない果物の果樹園もあるらしい。併設されたレストランでは、それら肉や加工されたチーズを腕利きの料理人達が調理。こちらもスタッフは全員美形エルフ。マジで美味(うま)かった。

　家畜には他に馬や地竜などもいて、乗馬乗竜体験をする事ができる。まあ、これに関しては直接走った方が速い俺らにとって、あまり関係のないものだったかな。しかし、仕舞いにはそれら馬や地竜、その他足自慢モンスター達による混戦レース場が設けられていて、一種の賭博場になっていたりもしていた。どこかで見た事があるような、そんなお偉いさん方もチラホラと見掛ける。

　宿泊した宿もまた豪華で、スイートルームなんかはもう――と、語り出したらキリがない。アレゼルの奴(やつ)、族長の娘である権威と大八魔の脅威をフル活用して、本当にやりたい放題やっていた。まあ、楽しませてもらった俺からすれば、いいぞもっとやれ！　としか言えない。閉鎖的なエルフの社会に、新たな風(トルネード)が舞い込んだ。その程度に思っておこう。

「ええと……師匠達が向かった先って、エルフの里なんですよね？」

「ああ、そうだな」

「そうね」

「この箱の中身、どう見てもお肉の詰め合わせセットですけど……」

　そう言ったハルの手にあるのは、牧場で購入したクワイ牛の各部位のセットだ。ちゃんと人数分買ってある。

「それな、口の中で溶けるぞ。エルフ塩をかけるだけでもアホみたいな美味さだった。あ、エルフ塩もちゃんと買ってあるからな」

「エルフが調理した料理も美味しかったけど、ハルナが調理すればもっと美味しくなると思うの。腕によりをかけてね♪」

「了解です！　……でも、エルフなのにお肉？」

うん、お肉。悪いがハル、今まで思い描いていたエルフ像は捨て去るべきだ。俺は遠い彼方（かなた）へ投げ捨てて来た。

「あの、私のお土産に入っていたこの大きな実なんですけど、どう見てもヤシの実じゃ……？」

「それ！　私のお薦め！　中に濃厚な液体が入っていて、開けた穴にストローを差して飲むの！　外皮は堅いんだけど、まあ手で割れば大丈夫だから。そのままでも甘くて美味しいし、他の果汁と混ぜて飲むのも大いにありよ！」

「それはとても美味しそうなんですが、やっぱりそれってヤシの実――」

「――里の代表が南国から苗ごと取り寄せたらしくてさ。今じゃクワイナッツと呼ばれて、エルフの間で親しまれているんだとさ。湖の周りにも沢山生（な）ってた」

「……とても美味しそうですね。流石（さすが）ネル師匠はセンスが良いです。よく冷やして頂きましょう」

「でしょ！」

あ、考えるの止めたな、千奈津の奴。一々ツッコミ続けたら、エルフリゾートじゃ疲れるだけだからな。俺も途中で、ありのままを受け入れる事にしたよ。アレゼルは考え方が柔軟過ぎて、他国の良い所を率先して取り入れてしまう。また来年リゾートを訪れたら、それはそれで新しい驚きの連続になる事だろう。

「あ、そういえば師匠。リリィ先輩からの伝言です。刀子ちゃんを戦士としても女としても徹底的に鍛えるそうで、先輩の領土に連れて行くと……なので、明日の選考会に刀子ちゃんは出れません」

「待て、今不穏な単語混じってなかった？　あいつの領土って、確か――」

――世界最大の、夜の街！　ネルと一緒には絶対に歩けない場所である。

「ネル師匠、実は私からもご報告がありまして……」

「ふふん、言ってみなさい。今の私はとっても寛容、並大抵の事じゃ驚かないから！」

確かに刀子の件を聞いてもびくともしない。が、それは意味を理解していないだけな気もする。そして、この後にネルは普通に驚いていた。

◇　◇　◇

ネルを何とか落ち着かせ、現状を確認する。どうもネルが地下鍛錬場に隠していたアラルカルを、刀子が扉を壊したせいで外に出してしまったそうだ。いやはや、流石にあいつを相手するには、たとえ悠那達が3人だったとしても手が余るというもの。リリィが一足先に帰っていて、本当に良かった。いつもあんな感じだとありがたいんだが、本人曰く大八魔の演技は長続きしないらしい。何でも、本来の自分と乖離するほど疲労も激しいそうなのだ。しかしまあ、本当に良かった……

「さて、刀子はどうすっかなぁ。今のリリィは仕事ができ過ぎるから、その辺りをマジで鍛える可能性がある」

「あの、その辺りというのは？」

「……その辺りだよ」

俺に何を言わせようとしているんだ、我が弟子。可愛く首を傾げたって駄目だ。刀子然り、これだから天然系は行動が予想し難い。まだ全てを理解した上で、ハルの隣で顔を赤くしてる千奈津の方が可愛げがある。

「まあ逆に言えば、今のあいつなら適切な罰を刀子に与えてくれるか……いや、途中で演技を止めて、いつもの駄メイドに戻った時が怖いな。よし、俺の方から後でリリィに連絡を入れておく。まあ変な事はさせないから、その辺りは安心しろ」

「「ありがとうございます」」

悠那が条件反射で、千奈津がホッとした様子で礼をしてくれた。現実でそれをやっちゃうとアウトだからな。精々夢の中でのみに留めてもらおう。

「ハルと千奈津は制止しようとして、それから巻き込まれた訳だし、特に罰を与える必要はないんじゃないか？　……おーい、ネルさん？」

「……」

反応がない。余程あの扉を破られたのがショックだったようだ。

「……見た？」

かと思えば、呟くような小さな声でボソリとそう言う。

「えっ？」

「……扉の奥に、入った？」

どうも扉の中身を気にしているらしい。ああ、そう言えば、あの中って――

「い、いえ。あのスライムが出て来てそれどころじゃありませんでしたし、真っ暗闇だったので中までは見ていません。リリィさんが止めてくれた後は、スライムが扉を綺麗に修復してくれましたから、それ以降は触ってもないです。ね、悠那？」

「う、うん、何も見てないよ……？」

ハルの反応はとても白々しい。嘘が苦手にも程があるだろ。そういやハルって、夜目が利くんだっけな。

「そ、そうなの⁉　あ、あはは、何も見てないのね⁉　それなら許してあげない事もないわ。師たる者、寛容寛大じゃないといけないものね！」

「……」

ま、まあネルも動揺していてか、ハルの反応に気付いてる様子もないし、俺から指摘する事もないか。穏便に穏便に。

アラルカルが出て来た扉。その奥にある部屋に光源はなく、常に常闇が巣くっている。実のところ、こんな設計にしているのには理由があって、何もアラルカル登場の演出の為だけに、ああしているのではないのだ。アラルカルは確かにネルのスパーリングパートナーなのだが、同時にあの部屋を護る守護者でもある。強制鍛錬が終わった後、アラルカルが直ぐに扉を修理したのも、ネルがそう仕込んだからだ。

で、あの部屋に何があるかというと、俺も最近になって知ったんだが……おっと、ここからはネルの逆鱗に触れるからな。俺の口からはとても言えない。言えないったら言えない。ハルも気を利かして、見なかった事にしてくれたんだろう。結婚を夢見て何年も前に先走って作らせてしまった、特注のウェディングドレスが隠して飾ってあるなんて、口が裂けても——あ。

◇　◇　◇

土産の肉をハルが調理した料理を食べ、夕食を終える。うん、やはり格段にこちらの方が美味かった。まる。しかし、やはりこの屋敷は広過ぎるな。庶民派の俺としては、庭に持ち込んだマイハウスの居間で食うくらいが丁度良いんだが。

「あの、そろそろ明日の事について教えて頂けませんか？　私達、勇者選考会については、日付だけで何をするかも聞いていませんでしたから」

「ん、そういや話してなかったな。勇者選考会ってのは、まあその名の通りのもんだ。国を挙げてこいつが勇者であると指名して、名実共に勇者として祭り上げるのさ。で、そこいらの自称魔王とかなら、基本は一国の勇者が率いるパーティだけで対応するものなんだが、今回の相手は大八魔。このジバ大陸中の諸国が魔王を討伐する為に、自国で勇者に相応しい人物達を選出して、それらで勇者による討伐連合を組ませるんだ。あ、別に職業は勇者じゃなくても問題ないから安心してくれ。国によっては重要視する場所もあるが、アーデルハイトにそういった縛りは特にない」

「なるほど、皆で力を合わせて勝とう！　って趣旨なんですね！」

「そんな感じね。私としてはタイマンでやってほしいのだけれど、大八魔もモンスターの軍隊を持つからね。露払いは他国に押し付けて、大八魔を討つという良い所取りを狙う作戦よ」

「そ、そんなに上手く事が運びますかね……？」

千奈津が心配そうに声のトーンを落とした。ジバ大陸には大小合わせて6つの国々があり、魔法王国アーデルハイトはその中では中小国に位置する。確か、千奈津はその辺をよく勉強していた筈だ。大国を相手に、都合良く立ち回れるか不安なんだろう。

「全く、まだ自分の実力を理解してない感じだな……」

「えっ？」

「いや、こっちの話だ」

大国っつっても、領土の広さと人口で判断しているだけなんだよな。生活水準からすれば、このアーデルハイトはマジックアイテムが発展している分、どの国よりも快適で安全だ。どの国に住むかと問われれば、俺は迷う事なくこの国を選ぶし、実際選んだ。

「師匠、勇者を選考する会でしたら、選ばれるのは1人だけなんですか？」

「勇者としては1人だけだが、パーティを組む上でもう3人が選ばれる。全部で4人になるから、この中に入ってしまえば連合入りは確実だ」

「なるほど！　では、その選考会で思いっ切り力を示せば良いんですね！」

思わず立ち上がってしまったハルはやる気十分、鼻息も心なしか荒いようだ。

「ああ、いや……ぶっちゃけな、もうヨーゼフのじじいと話をつけてるから、メンバーは確定してる。選考会は形式的にやるだけだ」

「え、そうなんですか……？」

シュンとすんなよ、どんだけ暴れたかったんだよ。俺がそんな風に考えていると、不意に千奈津が耳打ちをしてきた。

「ヒソヒソ……（デリスさん、悠那はクラスメイトと決着を付けたかったんだと思います。ほら、折角の城に入れる機会ですし……）」

「ヒソヒソ……（あー、そういや当初の目的にそんなのあったなぁ……）」

最近はインフレが進んで、転移時にハルを罵倒していた奴らも、今では明らかに格下になってしまったからなぁ。それもこれも、ハルの異常な成長率が悪い。本当なら、ここらで自称勇者（仮）君と良い勝負をする程度の筈だったんだ。前に刀子がぶっ飛ばしたって話も耳にしてるし、今やったら確実に瞬殺ものである。

「デリス、ハルナが望むように手配したら？　貴方ならできるでしょ？」

笑顔の嫁が、何か面倒な事を言い出した。

――修行30日目、終了。

第四章　勇者選考会

——修行31日目。

王城にてアーデルハイトの勇者を決める、勇者選考会の当日。住んでる屋敷が一緒なんで、出発するのも一緒。という訳で、使用人達が並んで見送りをする朝方、俺はネルハル千奈津と共に王城へと向かうのであった。屋敷から出るだけでも、一々これだからな。視線を受ける背中がこそばゆい。

「それで、どうだったの？　昨夜から、色々と動いていたみたいだけど」

「そりゃお前、クッソ大変だったよ。人目を忍んでヨーゼフに相談しに行ったよ」

「あら、持つべきものはやっぱり友達ね」

「これ以上ないくらいに、迷惑そうな視線を浴びせられたけどな。まあ、忘れていた俺が言うのもなんだが、ハルとの約束は護るさ。たとえ結果が分かり切っていてもな」

昨夜のネルの電撃発言を受けた後、俺は新婚旅行明けにも拘わらず、お膳立ての為に走り回っていた。選考会前日前夜に何ゆうとんのやと、ヨーゼフも思わずアレゼルのような言葉遣いになったり流石にならなかったり。もう白い目で見られるわ見られるわ。その度に俺のガラスのハートは踏み付けられ、粉砕される寸前の状態にまで至っていた。しかし、これも可愛い弟子の、そして綺麗な嫁さんの為。俺は身を粉にして働き続け、遂にやり遂げた。何、遠慮する事はないぞ。やり遂げた俺をもっと褒め称えてくれ。

「さ、城が見えて来たぞ」

「いよいよですね！　千奈津ちゃん、頑張ろう！」

「頑張るのは良いけど、ちゃんと手加減するのも忘れちゃ駄目よ？」

駆け出すハルに千奈津が声をかける。心配性の千奈津も、流石に今回は負ける事は想定していないらしい。むしろ、相手に怪我をさせないかに焦点が向いている。

「ああ、ちょっと待ってくれ。ここで待ち合わせをしている奴がいるんだ。城に入るのは、その後な」

「「待ち合わせ？」」

城の正門へと続く道の横で待つ事、数分。ただ突っ立って待ってるもんだからか、その間にこの道を通る兵士達が何をしているのかと俺達を横目に見て警戒したり、真面目な者は声を掛けてきたりしてきた。が、ネルと千奈津の顔を見るなり、汗をたっぷりと垂らした営業スマイルに表情を一変させて、軽快に敬礼。直後に反転して、足早に去って行くのであった。

「説明しなくて良くて楽だな、うん」

「何が？」

更に待つ事、数分。

城に向かう馬車の音と、一定の間隔ごとに上がる高笑いが聞こえてきた。漸く来たようだ。真っ白で遠目でも分かりやすく、如何にもなデザインが特徴的な高貴なる馬車。もしかしなくても、街道街中なんて気にせず、ずっとあんな調子で走っていたんだろう。……狂気の沙汰だな。

「オーホッホ！　オーホッホッホッホ！」

「あの馬車、この面白おかしい笑い声――テレーゼさん？」

「あらっ！　そこにいらっしゃるのはハルナさん方ではありませんかっ！　まあ、まあまあ！　ネル様もご一緒で！　ご機嫌麗しゅう、ですわ！」

「元気そうね、テレーゼ」

「はい！　見ての通り、ジーニアスから立ち乗りで来れる程度に元気ですわっ！」

馬を操る御者さんの隣に立ちながら、高笑いをかましていた人物が俺達を発見する。バッテン家のご令嬢こと、テレーゼ・バッテンは今日もハルに負けぬほどに元気だった。というか、何で御者台に突っ立っているんだ？　御者さんが困惑……いや、この精悍な顔つきは慣れてるのか？　この御者さん、慣れてるぞ!?　さてはお前、バッテン家の使用人だな！

「何だ、こんなところで止まって？　城はまだ先だろう？」

「ついでにテレーゼ会長の高笑いも止まってるしぃ」

「いや、ここで合っている。デリスとの合流地点だ」

「うん。ハルナさんと、チナツさん……それに、ネル団長もいる……」

「「えっ？」」

　馬車が止まると、扉が開いて続々と少年少女が降りて来た。ここまで言えば誰が馬車の中にいるのか、もう分かるだろう。王子を始めとして、ウィーレルに、ええと……千奈津に負かされた白髪の不良少女と、筋肉だ。卒業祭で大いに活躍した彼らも、ちょうど良いので城に招待しておいた。こいつらの中には騎士団や王宮魔法使いに就職する奴がいるし、王子との契約も遂行しなきゃだしな。卒業祭での確かな実績、そして騎士団長ネルと魔導宰相ヨーゼフの了解があれば、国王だろうと入城を断る事はできまいて。

「わあ！　ウィーちゃん、久しぶり！」

「久しぶり……」

　卒業祭以来の再会だ。各々思い思いの者達と挨拶を交わしている。今のうちに俺は、王子と今後の打ち合わせをしておきたいんだが、そんな王子の前に立ち塞がる少年がいた。

「デリス殿、何となくですが、私の事を忘れていませんでしたか？」

　……こいつ、誰だっけな？　俺にこんな敬語を使う少年なんかいたっけ？　あー、えー、う一……確か、王子の横にぼんやりといたような……ヘルプ、ヘルプだ王子。

「覚えてる、覚えてるとも。君の王子への忠誠心、忘れる筈がないじゃないか（チラッ、チラッ）」

「……ああ、ノクトは俺の親友であり、一番の側近だからな。ノーランド家には感謝してもし切れない」

「だ、そうだぞ？　ノクト・ノーランド君？」

「ディアス王子、こんな私の為にそこまで……！」

助かった、王子の機転で何とか思い出した。卒業祭でハルに負けたノクト君だ。イロモノが多い黄金世代ではいまいち影が薄いから、危うく忘れるところだった。あと、急に敬語使い出すなよ余計分からないわって話だ。

「デリス殿、先ほどはとんだ失礼を」

「いや、別に気にしなくて良いよ。俺も初対面の時は、失礼ってもんじゃなかったからな」

「……重ねて無礼であるのは承知しているのですが、今のうちに打ち明けたいと思います。デリス殿について少々調べさせて頂きました。何でも、数年前に引退された凄腕（すごうで）の冒険者だったとか。冒険者ギルドからは殆（ほとん）ど情報を入手できませんでしたが、デリス殿を知る冒険者の方々からお話を聞く事ができました。高名な冒険者だとは知らず、あの時に私はとんだ粗相を――」

ノクト君の話が長い。こうは言っているが、調べようにもギルドには口止めしてるし、冒険者の噂話(うわさばなし)なんかじゃ、曖昧な情報しか集められなかっただろうに。それでも掻(か)き集めた情報から大よその功績を想像して、俺に対して敬語を使い始めたってところか。

「ネル団長、これからよろしくお願いしたい！　このドライ・バンの鍛え上げた魔法と肉体、存分に前線にてお使いください！」

「いいえ、私の方が頑丈ですわ！　存分に盾としてお使いくださいましっ！」

ネルの方には、騎士団入りを決めているテレーゼと筋肉が集っている。何の意地の張り合いだろうか？　傍目(はため)からすれば、若干勘違いしてしまいそうな発言が飛び交っている。

「ふふっ、2人とも気合い十分ね。正式に騎士団に入ったら、まずは副団長のチナツと手合わせしてもらおうかしら？　ほら、チナツも挨拶なさい」

「あ、はい。副団長になってしまったチナツ・ロクサイです。お久しぶりですね」

「まあ、チナツさん、もう副団長ですの？　流石ですわね！」

「ウィーレルやカルアを倒した優勝者、いや、副団長殿との手合わせか。このドライ、胸を借りるつもりで挑ませてもらおう！」

「いえ、あの……」

恐ろしいまでに前向きな2人に、千奈津はタジタジだ。千奈津がまた苦労しそうな感じだろうか。

「でねー、ウィーレルが次期魔導宰相で、私がその補佐官を目指してんの。どうどう、良くない？」

「私とカルアは……お爺ちゃんのところで働く事になってる……」

「わあ、素敵ですね！」

あっちは平和そのものだな。よし、これで全員揃ったか。えーと、ひぃふぅみぃ――

「――ん？　そういや、もう2人ほどお友達がいなかったか？　ほら、卒業祭の予選でハルと千奈津に負けた男子生徒と女子生徒」

「キールとソルテの事でしょうか？　彼らなら、学院を卒業してソルテの故郷に向かいましたよ。何でもマチェット家に婿入りして、お家を復興させるんだと息巻いていました」

「詰まり？」

「婚約したそうです」

……爆発すれば良いのに。

さて、人数が一気に増えた事だし、ここいらで状況を整理しようか。王子やウィーレル

が今日城に来たそもそもの理由は、ぶっちゃけ勇者選考会とは関係ない。学院を卒業したウィーレルとカルアは王宮魔法使い入りをする為に、テレーゼとドライは騎士団へ入団する為、そして王子とノクト君は国王と平和的にお話をしに来ただけなのだ。

　この中でも王子の件は俺も関係しているので、俺も城に入る今日のうちに全部片付けてしまおうと日程を被せておいた。学院から出発して城に行くにしても、どうせ行先が同じなのだからと、テレーゼの馬車で一緒に来たという訳だ。

　で、俺の当初の計画では、このままウィーレル達は勇者選考会には関わらないで、そのまま各自の目的へと向かわせるつもりだったんだが……勇者パーティに特攻役として役立ってもらうつもりだった刀子は不在。過度に名が売れるのを回避する為の、名目上の勇者という大任を被せようとしていた暫定勇者（仮）君は想像以上に使えない。これらの事もあって、選考会で選ばれるパーティを組み替える事にした。

　ハルと千奈津は確定として、残る枠は2つ。刀子と勇者の代理になり得る人物が、果たしてこの中にいるだろうか？　うん、いるじゃん。前線で体を張れる屈強な盾役と、今最も名誉を欲しがっているであろう爺さんを持つ魔法使いが。という事で、2人には頑張って頂く所存だ。だが、この2人のみが勇者選考会に出てもらうのも不自然なんで、一応声を掛けられる学院卒業生の全員に出てもらう事にした。目眩まし役として頑張ってもらいたい。

「よーし、そろそろ時間だ。城に行くとしようか」

アーデルハイト城、王座前にて。来たる勇者連合に参加する為、アーデルハイトの勇者を選定する重要な選考会が開催されようとしている。荘厳な王座に座る国王はまだ来ておらず、会場となるこの場には魔導宰相ヨーゼフを始めとする王宮魔法使いが、そして異世界より転移せし14名の少年少女達が集結していた。その中には勇者の職業を持つ塔江晃の姿もある。王座の間はシンと静まり返り、張り詰めた空気がこの場を支配。いつもと異なる城内の様子に、少年少女達はいやが上にも緊張してしまう。

「ヒソヒソ（ねえ、勇者を選ぶのって、こんなに大袈裟にやるもんなの？）」

「ヒソヒソ（そんなの、私に聞いたって分かる訳ないじゃない。ヨーゼフさんから詳しい話はないし……）」

「ヒソヒソ（あ、もしかして、もう勇者が決まってるから話す必要がなかったとか？　だって、晃君が勇者で決まりでしょ？）」

「ヒソヒソ（だよね！　唯一の対抗馬の刀子はいなくなっちゃったし、晃君で決まりだよ！　そうなると問題は、一緒にパーティを組む仲間の方なのかな？　うわー、私が選ばれたらどうしよう！）」

「わ、私だって可能性はあるもん！」

緊張と興奮のあまり、晃のファンである女子生徒が大声を上げてしまった。周囲の魔法使いやヨーゼフにジロリと注視され、ハッとしながら声を潜める。どうやら、城内のクラスメイト達には勇者選考会の詳細は話されていないらしい。

一部の女子生徒達の話題を掻っ攫っている当人、塔江晃はそんな大声にも微動だにせず、石柱を背にしてある事を考えていた。世間一般でいうところの美男子に属するその表情は、いつもより硬い。

（……刀子は来ない、か。ッチ、この前の意趣返しをするつもりが、とんだ無駄骨になったな）

刀子が城を出ると宣言した際、彼女に瞬殺された晃は密かに復讐を誓っていた。

勇者という唯一無二である職業の最大の利点、それはどんなスキルをも適性スキルであると判定され、職業レベルに貢献される事である。剣術のような武術、あらゆる系統の魔法、完全に趣味のものとして扱われるコアな特技、それらを全て適性スキルとして扱うのだ。よって勇者は他の職業と比べレベルアップが異様に早く、職業レベルによるステータスアップの恩恵が凄まじい。

晃はこの勇者の特性を利用した。面白おかしく、かつ楽にレベル上げができるスキルを選び、ただただそれに没頭する。システム上、それが努力に分類されるかは不明だ。リリィヴィアが好む分野なのでその過程や詳細は省くが、まあろくでもない事に変わりはない。しかしながらそういった過程を経る事で、晃は遂にレベル6の大台へと移行したのである。全ては憎き刀子を圧倒の後に倒す為、皆に器の違いを知らしめる為、真に上に立つ者が誰であるか証明する為――やはり、ろくでもない。

「何か、考え事ですかな？」

考え事をしていたせいか、晃はヨーゼフが近くまで来ている事に気付かなかった。

「……ヨーゼフさん」

晃にとってヨーゼフは、とても都合の良い協力者であった。欲しいものは何であっても揃えてくれるし、多少のいざこざを起こしてしまっても、何もなかったかのように解決してくれる。それが晃が増長する主要因となった。始めのうちに感じていた僅かな感謝の念も今はなく、勇者なのだから当然だと割り切るようになっていた。

「いえ、別に。それよりも、勇者選考会でしたっけ？　神問石でも見たでしょう。勇者は俺だってのに、こんな事をする意味があるんですか？」

「ホッホッホ、これは痛いところを突かれてしまいました。アキラさんの仰る事は尤もなのですが、国を挙げて勇者を指名するには、それなりの手順が必要なのです。私はアキラさんが勇者であると信じて止まないのですが、中には自分こそが勇者であると訴える者もいまして。そういった者達を含めて平等に評価しませんと、民達に不満が募ってしまうのです。どうか、今しばらくご辛抱をしてくだされ」

「まあ、ヨーゼフさんがそう言うなら……」

好々爺(こうこうや)としたヨーゼフの柔らかな雰囲気に押され、晃はそれ以上口を挟む事はしなかった。どちらにせよ、少しの時間を待てば良い話。国王に勇姿を見せる良い機会だと考え、それ以上ヨーゼフとは言葉を交わさず、選考会が閉会した後の事をぼんやりと思い浮かべ始める。

「ああ、そうそう。本日の選考会には、皆さんの他にもいらっしゃる方々がおりまして」

「は？」

楽しい予定作りを邪魔され、僅かに機嫌が悪くなる晃。しかし、ヨーゼフの言葉は少し気になるものでもあった。

「まあ、アキラさんの敵ではないと思いますが、油断はされない方が良いかと。窮鼠猫を嚙(か)む、この前の一件が、また起こるかもしれませんからな」

「……」

思わず、晃はポカンとしてしまった。ヨーゼフにしては珍しく、晃に注意を促したのだ。これまで自分の言われるがままだったヨーゼフがこういった行動に出たのは、今回が初めての事だった。

「え？　ちょ、ちょっとちょっと。急にどうしたんですか？　唐突だったんで、驚いちゃいましたよ」

「……おっと、噂をすれば何とやら、ですな」

晃の台詞を無視するように、ヨーゼフが王座に繋がる通路を手で示した。次いで聞こえて来るのは、コツンコツンとした複数人分の足音。何やら談笑するような笑い声までする。

「はい、ちゅ～も～く。こっからは王座の間だからな。私語厳禁、あと失礼のないように。俺みたいにな！」

まるで修学旅行の引率のような声が、通路を通り抜けて王座にまで聞こえてくる。その後に続く返事は男女問わず様々なもので、素直に「はい！」と答える者もいれば、「えー」と渋る者もいた。中にはドッと笑う者もいる。緊張感に満ちていた王座の空気を一挙に粉砕するこのやり取りに、晃は再びポカンと停止してしまう。そして次の瞬間、怪し気な営業スマイルを浮かべた男が、その先頭として現れた。

「これはこれは、ヨーゼフ魔導宰相ではありませんか！　いやー久しぶり、実に久しぶりだ。お元気でしたか？」

ほんの少しだけ、ヨーゼフの顔がこわばった気がした。

◇　◇　◇

「これはこれは、デリス殿ではありませんか。遠路遥々、ようこそいらっしゃいました。お疲れではありませんか？」

雰囲気を柔らかなものに戻したヨーゼフは、大切な客人に対して敬意を払って応対する。……しかしそれは、第三者の目線から見ればの話で、実際のところどうであるかは不明である。

「ククッ、またご冗談が上手くなりましたね。私はアーデルハイトに住んでいるのですから、少し足を伸ばせば到着するではありませんか」

「おっと、これは失礼。ここ最近、城に来て下さらなかったので、てっきり引っ越してしまったものかと。これからは、しっかりとアポを取ってから、遠慮なくいらっしゃってくだされ」

何とも裏のありそうな挨拶をしながら、久方ぶりに会った親友のように握手を交わすデリスとヨーゼフ。共に笑顔を湛えている。

「クックック」

「ホッホッホ」

それはもう、感情が漏れ出すほどの心からの笑顔であった。

「これは一体……？　ヨーゼフさん、この人は？」

「先ほどご説明した通りですよ。アキラさん以外にも、勇者の座を望む方々はいらっしゃるんです。そして、我がアーデルハイトは勇者である事に、職業が何であるかは重視しません。真の意味での実力主義、という奴ですな。ホッホッホ」

「な、なっ!?……」

晃は唖然とした。エスカレーター式に自分が勇者に指名されると思っていた選考会が、奇しくもヨーゼフの言葉によって否定されてしまったのだ。勇者という職業なんてものは何の意味も成さないと、確かに断言された。

「へー、君が噂の暫定勇者(仮)の晃君かぁ。実物は噂よりも美形だねぇ。その他大勢の皆さんはお仲間かな?」

「ざ、暫定……ふ、ふふっ。そういう貴方はどちら様なんですか? もしや、俺と同じく勇者の座を狙って? にしては、随分とお年を召しているようですが」

「ああ、そりゃそうだろう。勇者なんて柄じゃないし、そもそもこの選考会に出るのは俺の弟子だ」

「弟子?」

デリスに気を取られて反応が遅れてしまったが、彼の背後には複数人の人影があった。まず目がいくのが、その中でも圧倒的な存在感を放っている魔法騎士団の団長、ネル・レミュール。そしてその隣に控えるは、ネルに連れ出されて城を出た千奈津だ。今では騎士団の副団長になったらしく、服装もそれに準ずるものとなっていた。他にも筋骨隆々な肉体を持つ勇ましい男など、自分達と同年代らしき男女が並んでいる。そして、晃は遅れて彼女の存在に気が付いた。

「桂城、悠那っ!?」

「あ、塔江君久しぶりだね。それに、クラスの皆も！」

朗らかに笑顔を振り撒きながら挨拶をする悠那に対し、晃を含めたクラスの皆は思わず固まってしまった。以前から実力が認められていた刀子や千奈津ならまだしも、まさか、この場に悠那が現れるとは夢にも思っていなかったのだ。

「って事で、こいつが選考会に出る俺の弟子。後ろの奴らも、この国の学院卒業生として全員参加するから、仲良くしてやってくれ。自称勇者君も、な？」

「……っ！」

ポンと軽く肩を叩かれ、耳元でその呼び名を強調された。売り言葉に買い言葉で返してしまうのは、晃がまだまだ青いからであろうか。無意識に口が開いてしまう。

「お断りさせてもらおうかな。ここは勇者を選ぶ、神聖な場だ。村娘程度の実力しかない貴方の弟子、桂城が来て良い場所じゃないだろう？　さ、お帰りはあちらだよ」

「はて、巷では刀子に一発でのされてしまった、軟弱な勇者がいると専らの噂なんだが、それが誰でどの口がほざくのかねぇ？　ああ、そうだそうだ。確かその時も尊大な態度で

出てしまって、後に引けなくなってしまったんだったか。ククッ、名ばかりが先行して、実力が伴わない奴は大変だねぇ。温室育ちでプライドだけは妙に高いと来たもんだ。魂の一片に至るまで救いようがない！」

「き、貴様……！」

「師匠！　その辺で、その辺で止めてください！　空気が変になってます！」

「ちなみになぁ、うちのハルは刀子に勝ってるぞ？　お家に帰らなきゃならないのは、一体どっちなんだろうなぁ？　ああ、一応教えておくけど、負け犬のお帰りはあっちだ」

「～～～っ!?」

「師匠～！」

　売り言葉に買い言葉で返してしまう。これに関して言えば、一部の女性陣を対象外として、デリスは滅法強い。的確に相手が嫌う箇所を炙り出し、ねちっこく突くのだ。弟子の筈の悠那がデリスを止めようとする姿に、学院卒業組は入室する際のデリスの言葉を思い浮かべ、「あー」と納得するのであった。しかし、これもデリスの作戦のうち。ここまで罵れば、耐性のない晃が取る行動は1つとなる。

「いいだろう！　君に、君の弟子の桂城に決闘を申し出てやろう！　どちらが勇者に相応しいか、そこで決着を付けようじゃないか！」

ものの見事に、喧嘩を買ってしまうのだ。

「ヨーゼフ魔導宰相。何かこの子、勝手に話を進めていますよ。決闘とか野蛮ですね……」

「な、なっ――」

「いやはや、色々と申し訳ない。ですが、デリス殿もどうか控えてください。国王の御前です」

ヨーゼフは声を上げようとした晃を制し、王座へと腕を伸ばす。先ほどまで誰もいなかったそこに、煌（きら）びやかな王冠を被（かぶ）り、真っ赤なマントを纏（まと）う男がいつの間にかいた。彼こそが魔法王国アーデルハイトの王、クロウド・アーデルハイトその人である。

（うわ、言い争いが面白過ぎて気付かなかった……ってか何か、やつれてない？）

国王の姿を目にしたカルアは、格好は兎（と）も角（かく）、どうも国王っぽくないなと感じてしまった。クロウドはどちらかと言えば痩せた方なのだが、日々の政務の疲れからか目の下には隈（くま）が、頬はげっそりとこけている為（ため）、体形以上に細くか弱く思えてしまうのだ。国を統べる統率者というよりは、上から叩かれ、下から不平不満を叫ばれる中間管理職のようだった。そして何よりも、いつ現れたのか分からないくらいに影が薄い。

「国王の御前よ！　皆、頭を垂れなさい！」

しかし、騎士団長のネルにそう言われては、認めざるを得ない。ネルの指示通り、この場にいる全員は片膝を床につけ、身を低くして頭を下げ始める。先ほどまで火中にいたデリスも、何食わぬ顔でそうしている。晃がギリギリと歯を食い縛らせながら睨み付けるも、どこ吹く風と受け流し気にも留めない。ここが王の御前でなければ、わざとらしく口笛の1つも吹いていただろう。

（残りのクラスメイトは14名。勇者君の取り巻きの男が3人、ファンの女が3人、その他の奴らはなあなあで城に残ってた連中って感じか。実力も大よそ予想通りだし、問題ないな）

尤も、内心では狡猾に思考を巡らせ、どうすれば可愛い弟子が最もスッキリするかを謀っていた。晃が放つ殺気さえも、デリスにとっては実力を測る尺度となる。

一方、王座の間はすっかりと静かになっていた。ヨーゼフ魔導宰相が国王の右手側に、ネル騎士団長は左手側に控える。文武のトップ達がその位置に就いた時、クロウド国王はゆっくりと口を開き出した。

「あー……此度は、我がアーデルハイトの勇者を選定する大切な場である。皆、ここに集ってくれた事を嬉しく思、うっ!? ケホケホ、ゲホッ、ゴホッ……！」

「こ、国王!? 誰か、医者を呼ぶのじゃ！」

辺りを見回しながら言葉を綴っていた国王が、突然ビクリと体を震わせて激しく咳き込み出した。まるで幽霊でも見たかのように、酷く驚きながら。

◇　◇　◇

意識をなくした国王が医師達によって運ばれて行く。あまりに唐突、あまりに突然の事に、王座の間は何とも言えぬ雰囲気に包まれた。国王の存在を認識して、それほど経っていないというのにこの事態。国王がああなってしまった原因は不明だ。勇者選考会は一度中断され、ヨーゼフとネルも国王の後を追って席を外す。

それから暫くして、2人は戻って来た。国王が倒れる前と同じ位置に立ち、改めて仕切り直す。

「お待たせして申し訳ございません。どうやら、国王は少し体調が優れないようでして……」

一同は思う。あれが少しなのか、と。

「選考会の挨拶は、代わりに私達が務める事になったわ。……とは言っても、別にそんなもの要らないわよね？　始まる前から血気盛んに盛り上がっていたようだし、無駄は省いて本題に入りましょう」

一同は思う。国王の挨拶を無駄と言い切りやがった、と。

「我らが魔法王国アーデルハイトが求める勇者は、第一に実力がなければなりません。知っての通り、アーデルハイトはジバ大陸の中でも中小国に分類されます。同盟国タザルニアは友好的ですが、その他の国々はその限りではありません。故に我々が連合に参加するとなれば、他国よりも弱い立場からのスタートとなる可能性が大いにあります」

「そんな馬鹿みたいな状況を打破する為にも、私達は圧倒的な力を求めているの。連合で優位な立場を築き、率先して大八魔を倒せるような、そんな勇者をね。例を挙げれば、私みたいな抑止力レベル！」

物凄い説得力であった。

「だがしかし、ただ強ければ良いという訳では決してありません。連合にはパーティを組んで参加する事となりますので、仲間との連携も不可欠です。そして、ここに集まって頂いた皆さんは、大きく分けて2つのグループに分かれています。最も強い戦力のみでパーティを構成できれば最高ですが、先ほどのやり取りを見ている限り、とてもそうなるとは思えませんでした」

「ここまで言えば、もう理解できたわね？　この選考会ではヨーゼフ魔導宰相の客人達と、デリスが率いる者達で争ってもらう。そうね、そもそも人数が違うし……連合に参加する人数にしましょうか。それぞれ、グループの中から代表を4人選びなさい。その4人で模擬戦をしてもらうわ」

ネルとヨーゼフは試合形式の説明を続けた。模擬戦は4対4の勝ち抜き戦で行い、相手チームを全て倒せば勝利となる。剣道風に言うのならば、先鋒、中堅、副将、大将が次々に戦うようなものだ。まず先鋒同士が戦い、勝利した者が敵の中堅と戦う事となる。勝ち負けを繰り返し良い勝負になるかもしれないし、先鋒だけで相手を全滅させる、もしくは大将が戦況をひっくり返してしまう可能性だってある。

「この模擬戦で勝利した側のグループで、再び連合に参加する勇者を決めさせてもらうわ。ま、ここで候補を半分振るい落とすって感じかしらね。異論はある？」

「……異論という訳ではないけど、1つ良いかな？」

ネルに向かって軽く手を上げて見せたのは、晃だった。千奈津、余計な事を言わないようにと念を送り始める。

「聞きましょう。何かしら？」

「その模擬戦とやらに参加する代表者、他の面子(メンツ)はどうであれ、俺と桂城を必ず入れるようにしてほしい。さっきの話の意趣返しって訳じゃないけど、あのままじゃお互いスッキリしないだろ？　もちろん、向こうの人達が納得すれば、だけど」

晃は挑発的な視線を悠那とデリスに向けながら、流暢(りゅうちょう)にそう言い切った。ネルはデリス達に「とか言ってるけど？」と目で問う。

「何の問題もない。と言いたいところだが、俺の一存だけじゃ決められないな。反対意見はあるか？」

一応といった様子で、デリスは他の面子を見回した。

「ハルナなら大丈夫っしょ。というか、ハルナだけで良くない？」

「ああ、ワシもハルナを推そう。心配する要素がない」

「私も……同意見です……」

「あんな卒業祭を見せておいて、反対する筈がないだろう」

「オーホッホッホ！　ハルナさんとチナツさんは確定として、問題なのは残りのメンバー！　そちらを決める方が先決ではなくって!?　私、譲る気はありません事よ！　まあ、どうしてもと言うのであれば譲りますけど！」

「えっと……そういう事らしいです、はい」

　最後に千奈津(ちなつ)が総括して全会一致、言い換えれば既定路線の決定である。

「聞いての通り、こちらに反対意見はない。その提案を受けよう」

「そ。なら、今から1時間後に騎士団本部の模擬戦場でやりましょうか。それまでにハルナとアキラ以外の代表、戦う順番を決めておきなさい。ヨーゼフ魔導宰相、そちらの案内をお願いしても？」

「ええ、構いませんとも。ああ、そうそう。前以(まえもっ)て言っておきますが、これ以降私共は助言を致しません。戦闘順戦闘法と自ら作戦を立て、勝率を高める努力をするようお願い致します。それでは一度解散致しましょう。各自の健闘をお祈りしております」

◇　◇　◇

解散後、晃達クラスメイト組は王座の間から離れ、自分達が普段生活している城内のフロアへとやって来ていた。時間になればヨーゼフが迎えの者を出す事になっているのだが、彼自身はこれ以降晃達と接触しないようだ。ヨーゼフからの情報を期待していた晃にとって、これは少しばかり想定外だった。今回の件に限り、ヨーゼフは完全なる傍観者。そう認識を改めなければならない。

「にしてもよ、大丈夫なのか？」

作戦の立案中、晃の取り巻きが僅かに顔を強張らせながら疑問を口にした。

「何がだい？」

住み慣れたフロアに戻る事で幾分か落ち着きを取り戻した晃は、あくまでも優雅に振舞う。

「何がって、今回の相手がだよ。前に刀子が言ってた話が本当なら、桂城は刀子以上に強いって事になるんだぞ。それに、向こうには鹿砦がいる。正直、鹿砦に関しちゃ晃以外は絶対に勝てねぇ。他の奴らだってそうだ。絶対に世代が違うボディビルダーみたいな筋肉だって――」

「――村越、怖がってばかりじゃ勝てないよ？」

「そ、そりゃそうだけどよ……」

取り巻きの1人、村越は悠那の潜在能力を恐れているようだった。無理もない事だろう。転移時は兎も角、日本にいた頃の悠那は、佐藤が率いるクラスの不良達を片腕で倒してしまうほどの強さだった。幾らステータスが貧弱だからといって、その時の強烈な印象はなかなか拭えないものだ。加えて、悠那のグループには千奈津や正体の分からない者達までいる。特にドライなどは容姿自体が強靱無比な為、悠那とは別の意味で恐れの対象となっていた。

「まあ、村越が言わんとするところは理解しているよ。確かに、桂城や鹿砦は油断ならない相手だ。だからこそ、俺が一番手を務めるよ。俺で全員を倒す、それで問題ないだろう？」

晃の提案は自身が先鋒となり、そこで全てけりをつけるというものだった。晃以外のメンバーの大半がレベル3、4で占められている現状、初手で勢いをつける事ができるその選択が最適解のようにも思えるが、さて……

「晃が、か？　まあ、それなら……」

「あ、それ賛成！　晃君、遂にレベル6になったんだもんね！　もう無敵だよ、無敵！」

「その通り。刀子に負けて以来、俺だってただ遊んでいた訳じゃないんだ。それに、俺には『ブレイブチェイン』の力もある。万が一に途中で負けたとしても、これで後続を補助できるんだ。その時は任せたよ、皆！　信じてる！」

晃を中心に高らかな声を上げる生徒達。巧みな喋りでメンバーの士気を高める晃には、それだけ他を惹きつけるリーダーシップがあった。だが、当の晃の本心はそうではない。爽やかな表情の裏にあるのは、はらわたが煮えくり返るほどのドス黒い感情だけだ。

「……フゥ」

遠目で彼らの様子を眺めていた魔導宰相のヨーゼフは、長年政界に携わった経験から、晃の裏の顔について見切っていた。小さく溜息を漏らすヨーゼフ。彼はそれ以上晃らの様子を眺める事はせず、一足先に会場へと向かった。

1時間後。騎士団本部の模擬戦場に案内された晃達は、初めて足を踏み込むこの場所を物珍しそうに眺め回していた。城で生活している彼らであるが、城周辺の敷地内であっても許可なく入る事を許されない場所は存在する。ヨーゼフより言い渡されていた少なくない立ち入り禁止区域の中には、この騎士団本部も含まれていたのだ。
「勇者選考会の参加者14名をお連れしました。確認をお願いします」
「ネル団長より伺っております。失礼ですが、顔と名前を確認致しますので、こちらにサインを――」

本部前の見張り役らしき騎士が、王宮魔法使いの案内人とやり取りをしている。何やら、ここに入るには面倒な確認作業をしなくてはいけないらしい。

（ツチ、勇者なのに……）

見知らぬ者を入れる為に行われる当然の確認も、晃にとっては不愉快極まりないものだった。もちろん、表情には決して出さず、心の中で愚痴を吐くだけに止めている。

それから少し歩き、門を越えて会場に到着する。そこは普段騎士らの鍛錬に使用している場所のようで、クラスの全員が入ってもスペースが余るほど広々とした屋外だった。仮想の敵を装った鎧人形、弓の練習に使われると思われる的がズラリ。そしてそれ以上の人数の騎士達が、これまたズラリと規則正しく並んでいた。ジロジロと容赦なく視線を浴びせられる事に対して、女子生徒達が嫌悪感を顕わにするも、一向に遠慮する様子は見られない。どうも彼らは勇者の力を見定めようとする騎士であると同時に、不正をしないよう見張る審判でもあるようだ。

「うわ、こんな公衆の面前でやるのかよ……ちょっと緊張すんな」

「何、どうせ試合に出るのは俺だけだよ。緊張する心配なんかより、俺の応援に力を入れてくれよ？」

「ハハッ、それもそうだな！　おっと、向こうの奴ら、先に来てたみたいだぜ」

騎士に指定された晃達の待機場所、その向かい側。そこには対戦相手である悠那達が既に腰掛けており、楽しそうに歓談しているようだった。中には悠那と千奈津に囲まれながら、美味しそうにサンドイッチを頰張るデリスの姿もある。その光景を見て、晃は少しカチンとくる。というか、騎士達の視線がぶつかるこの状況下で、飯を食べられる精神が理解できなかった。

「……何か、余裕そうだな」

「ふん、人よりも無神経なだけって話だよ。それか、ああやって俺達を煽る作戦なんじゃないかな？　随分と狡い作戦できたもんだね。器が知れるよ」

「で、でも、ちょっと羨ましいかもな。鹿砦は言うまでもなく学校で人気があったし、桂城だってああしてれば可愛い美少女なんだぜ？　もしかしたら、あれも手作りかも――」

「――おい、江成」

「あ、いや、わりぃ……」

ついつい本音を漏らしてしまった取り巻きの江成に、晃は静かな口調で窘める。実際にそうであったとしても、それを口にしてしまえば思春期真っ盛りな彼らの士気は低下してしまう。罠だとは頭で理解しているし、分かってはいるのだが気にしてしまう。卑劣な策をと、晃は僅かに顔をしかめた。

――ちなみにであるが、デリスはゴブ男が作った試作品の味見をしていただけだ。こんなものは策でも何でもなく、単なる日常風景。晃一派が勝手に自滅しているに過ぎない。

「ねえねえ、あの銀髪の人って結構良くない？　異国の王子様みたいでさ」

「あ、ホントだ！　あっちの若い騎士の人も良い線いってる！　何というか、貴公子って呼ばれてそう！」

「王子様の隣に控えてる金髪の人も格好良いなぁ……常に横に控えてるところとか、色々と捗りそう……」

「……」

そう、勝手に自滅しているだけなのだ。そんな一方通行な攻防が静かに繰り広げられる中、ネルが模擬戦場の中央に勇ましく現れた。

「双方揃ったようね。時間だし、早速始めようと思うわ。代表者の4名、前に出なさい」

流石のデリスもネルが出てくれば、悠長にサンドイッチを食べている場合ではないようで、サンドイッチを急いで口に含み胃袋に押し込んでいた。師匠が喉を詰まらせ酷く咽せている光景をバックに、悠那を始めとした代表者4名が立ち上がり、ネルの方へと前進する。

「……は？」

晃は見間違いかと一度目を擦って、もう一度そのメンバーを確認した。やはり見間違いではない。

「……桂城、どういう事だ？」

「どういう事って？」

「とぼけるな！　どうして鹿砦が代表に入っていないんだ！　俺達を舐めてるのか!?」

　悠那側のメンバー4名、その内訳は悠那を先頭に、王子、ノクト、テレーゼとなっていた。晃が最も警戒していた千奈津はメンバーに入っておらず、喉を詰まらせたデリスにお茶を流し込んでいる。晃にとってこの人選は馬鹿にされているのと同義であり、決して許容できるものではなかった。

「ええっと、馬鹿にしてる訳ではないんだけど……私以外の代表はジャンケンで決めて、たまたま千奈津ちゃんが外れただけだよ？」

「ジャ、ジャンケン、だって……？」

「うん、ジャンケン」

　晃は聞いた言葉を疑うのを通り越して、軽く眩暈を感じていた。

「オーホッホ！　ジャンケンとは、なかなか面白い遊戯ですわね！　特に何を用意する必要もなく、短時間で、それも後腐れなく物事を決める事ができますもの！」

「まあ、どうせハルナで決まるのだから、誰であっても同じだろう。ノクト、待ち時間のうちに例の準備を進めておこう」

「仰せのままに！」

高笑いが止まらない者、試合に対する興味が全くない者、瞳を輝かせながら1人の男ばかりを見詰める者と、悠那のメンバーは誰一人としてやる気が感じられない。ジャンケンで勝ったから前に出た。本当にそんな様子なのだ。

「ふ、ふふっ……後悔、しないようにね……！」

「うん、そうだね！　お互い後悔しないよう、全力を尽くそうね！」

「……ッチ」

皮肉も通じず、逆に一点の穢れもない笑顔を返されてしまう晃。デリスとは真逆の意味で、悠那もやり辛い相手である。

「何だ何だ、まだ不満があるのか？　勇者候補の晃君。こっちはギリギリまで皆で考えて、代表を決めたんだ。そこに文句を付けられたくないなぁ」

そして、最も頭にくる男がすかさず口を挟んでくる。いつの間にか悠那の後ろに立っていた辺り、喉の詰まりは無事に解消されたようだ。

「そこまで不満があるなら、お互いにスッキリするまで試合をする事にしようか。例えばギブアップは禁止で、審判がここがギリギリだと判断するまで試合を続けるとか、そんなのはどうだ？　文字通り、全力を尽くしての模擬戦だ。晃君と愉快な仲間達が大いに活躍できるぞ」

「へ、へえ、随分な提案をしてくれるじゃないか。本当に良いのかい？　自慢の弟子が、再起不能になるかもしれないよ？　それに、その不愉快なお仲間達もさ」

「それは同意って事で良いのかな？」

「いいさ、やってやるよ」

晃の返答にデリスはとても満足そうに頷いて、ネルとヨーゼフの方へと振り返った。逆に、後方にいる千奈津は頭を抱えていた。ああ、やってしまったなと。

「という話になったのですが……双方がより納得する為に、今回の模擬戦のルールに付け加えて頂いてもよろしいでしょうか？」

「ふーん、良いんじゃない？　後腐れないし、そうしましょうか。ヨーゼフ魔導宰相のご意見は？」

「……どちらも納得されているのであれば、問題はないかと。但し、あくまでもギリギリの範囲内での戦いでお願いします。殺す殺されるが起こらないよう、代表者及び審判は気を付けるように」

呆気なく承認されるギブアップ禁止事項。それもその筈、元より仕組まれた事なのだ。挑発にまんまと乗ってしまった晃の代償は、あまりにも大きかった。

◇　◇　◇

両チームは待機席へ一旦戻り、指定された用紙に試合をする順番と使用する武器を書く事となった。どちらも既に順番は決めているので、さほど時間は掛からず、スラスラと書いてこれを提出。ネルとヨーゼフは2枚の用紙を確認し合い、先陣を切る先鋒の名を読み上げるのであった。

「ハルナ・カツラギ、前へ！」

「アキラ・トウエ、前へ！」

先鋒に選ばれたのは、悠那と晃だった。晃は少し当てが外れたような表情で、悠那はいつもの調子で模擬戦場の中央へと進む。

「へえ、まさか桂城が先鋒になるなんてね。てっきり、大将になってるかと思ったよ」

「そうかな？　私、剣道でも先鋒だったし、そこまでおかしくはないと思うけど？」

相変わらず悠那は笑顔だ。とてもこれから戦いを始める者の顔には見えないと、晃はやれやれと分かりやすく肩を竦める。やはりというべきか、その皮肉が通じている様子はない。

「桂城、獅子は兎を狩るにも全力を尽くすって言葉、知ってるかい？」

「知ってるよ。私が一番好きな言葉！」

「そ、そうか……なら、その一番好きな言葉の意味、これから分からせてあげるよ。この1ヶ月でそれなりに鍛えてきたんだろうけど、俺に言わせて貰えば井の中の蛙みたいなものさ。正直、女の子をいたぶるのは趣味じゃないんだけど……それでも、俺にはプライドがあるからね。今更謝ったってもう遅い。恨むなら、君の師匠とやらを恨むんだね」

「……？　うん、楽しみにしているね！」

「……ああ」

どう足掻いても嫌味が通じないので、晃はそれで会話を中断した。悠那にそういった皮肉を伝えたいのなら直球を、それも剛速球で言葉を投じなければ意味がない事に、どうやら気が付いていないようだ。

「一応、ルールを確認しておくわね。スキルだろうと魔法だろうと、特にそれらは禁止にしない。むしろ、存分に使いなさい。模擬戦の舞台はここを中心として、外側の四方に引いた線の内側まで。そこから出たら場外負け、ってのが元々予定していた敗北条件の１つだったんだけどねー……ギブアップが禁止なら、これもなしかしら？　うちの騎士が障壁を張って出られないようにするから、壊さないように気を付けなさい。壊しても負けにはならないけど、その代わりに私が怒るから肝に銘じておくように」

「は、はいっ！」

「……？」

悠那の威勢の良い返事に、晃が少し驚く。さっきまでの緊張感の欠片もない様子は何だったのか。悠那がこんなにも気を引き締めている。晃はその理由を考えた。

（……ああ、なるほど。漸く事の重大さを理解し始めたのか。馬鹿だ馬鹿だとは思っていたけど、やっぱり馬鹿だったんだな）

たぶん、それは違う。

「後は特に細かい縛りもないかしらね。取り決めの通り、勝てないからってギブアップするのは禁止。私とヨーゼフ魔導宰相が審判をやるから、ストップをかけるその時まで、死に物狂いで戦いなさい。最後まで諦めず、希望を見失わないように。以上だけど、何か質問は？」

「確認だけど、殺さなければ本当に何をしても良いんだね？」

「当然じゃない。これでも命が保障されているだけ、大分温いルールよ？　戦場では何でもありだし、敵が温情をかけてくる事なんてないしね」

「ふっ、それを聞いて安心した」

「そ」

ネルはそっけなく横を向き、回収した用紙にもう一度目を通す。

「ええと、２人の得物はアキラが剣で、ハルナが……あら、素手で良いの？」

「はい。師匠からの指示で、杖は使うなという事で。問題ないですか？」

「ええ、ハルナが大丈夫なら問題ないわ」

「ふん……」

勇者らしく特注の長剣を携える晃に対して、悠那は手ぶらで何も持っていない。晃にとってはやはり腹立たしく、舐められていると取ってしまう出来事なのだが、デリスにとっては最後の良心を欠片ほど使ってやった、ドッガン杖は禁止にしておいてやるよ、という情けのつもりなのだ。もちろん、このやり取りで両者が分かり合える筈がない。

「最後に、それぞれのオーダーを読み上げるわね。先鋒ハルナ・カツラギ、中堅テレーゼ・バッテン、副将ノクト・ノーランド、大将ネブル・ファジ」

「こちら側は先鋒トウエ、中堅ムラコシ、副将エナリ、大将オオイズミ。双方とも、間違いはありませんね？」

ヨーゼフが両グループの面々へ交互に視線をやる。晃のチームの後続は、全て取り巻きの男子生徒達で構成されている。全員がレベル4と、一般的には高いレベルだと言えるだろう。そう、一般的には。

「……問題ないようですな」

「じゃ、早速始めましょうか。2人とも、構えなさい」

ネルとヨーゼフが線の外に出て、開始の合図を出そうとしていた。晃は長剣を中段に構え、悠那は自然体のままぴょんぴょんとその場で飛び跳ねている。

(刀子の時は少し油断したからね。同じ間違いは2度と起こさない。それが選ばれし者の務めってやつさ。愚直な君なら、刀子と同様に正面から突っ込んで来るんだろう？　なら、

俺は横に避けるまでってね）

過去の大敗から失敗を学び（？）、晃は巧妙な策を講じていた。彼の肉体が持ち得る優れた運動能力を活かし、初手を仕損じた悠那にカウンターを食らわせようとしていたのだ。

「「では——始めっ！」」

ネルとヨーゼフの模擬戦開始の合図が鳴り、悠那の脚が地上に触れた瞬間、晃の後ろで彼を見守るクラスメイト達の認識から、悠那の姿が消えた。

（やっぱりな！）

一方で合図と共に横へスライドした晃の目には、確かに悠那が姿勢を低くして前進する姿があった。誰よりも近くにいた事、曲がりなりにも他の者達より優秀である事が、ギリギリの範囲で悠那を捉えられたのだろう。……しかしそれは、試合開始後の、あの悠那の目を捉える事にも繋がってしまう。

「……」

「っ!?」

悠那の瞳は、顔の向きを変えないまま晃を見ていた。そこに人懐っこい笑顔などは疾うになく、偏に獲物を追うように、狂気的な視線が晃を貫かんとしていたのだ。一気に心臓を鷲掴みにされ、呼吸が止まる思いをしてしまう晃。だが、そんな彼の不幸はまだ始まってもいなかった。

戦法として、突貫してくる相手に対して横から攻める手は悪くはない。現に猛スピードで迫る悠那の軌道から外れる位置に、晃は既に移動していたのだ。あれほどのスピードだ。急に方向を変えて曲がれる筈がない。晃は常識的観点から、そのように判断した。しかし、常識の通じぬ人外を相手にして、そのような考えが何の役に立つというのか？

（お、落ち着け……！　あんな目なんて関係ない、裏をかいたのは俺の方なん――!?）

思考を巡らせている暇なんてなかった。空を蹴った悠那が、ほぼ直角に晃に向かって方向を変えたのだ。あの瞳が、今度は真っ正面からこちらを見ている。半発狂状態となった晃は、奇しくも当初の予定通りに長剣を振るっていた。こんなもの、横から斬るか正面から斬るかの違いでしかない、大した差はないんだ。彼はそう思いたかっただろう。それは正しい。なぜならば悠那にとっては、どんな方向から剣を振り下ろされようとも、大した差はなかったのだから。

――パキィン。

軽く音が奏でられた。悠那の両手が蛇のようにしなり、振るわれた晃の名剣に巻き付いていく、ように見えた。実際に何をされたのか、どういう原理なのかは理解できなかった。走るスピードとは違い、それを行う瞬発的な速さが尋常でなかったからだ。だが結果的に、晃の名剣は根元から刀身が折れていて、知らぬ間に晃の足先へと移動していた。

◇　◇　◇

『え、良いんですか？』

『良いんだよ。勇者もどきも、きっとそれを望んでいるさ』

試合を始める前、デリスは悠那にある指示を出していた。気絶させるなどして速攻で決めずに、沢山の攻撃を色々と与えてあげる事。生かさず殺さず、だけれども意識だけはちゃっかり残るよう加減しながら、ネルが出す試合終了の合図の時まで、容赦なくそれらを続ける事。これらを守って、楽しく節度のある試合をしましょうという注文だ。

『生まれながらにして、優れた肉体を持つ彼の事だ。きっと向上心の塊で、ハルの技を色々と見てみたい、食らって直に体験してみたいと思ってるに違いない。あっちもその気みたいだからさ、こっちもご期待に応えてやろうって寸法だ。あいつ、意識高そうだろ？』

『なるほど！　塔江君、意識高そうですもんね！』

『だろう？　どんな怪我をしたって俺が治療してやるから、ハルは力の限りを尽くしてこい。それが世の為人の為奴の為、何よりもハルの鍛錬の為だ』

そんなノリで了承されてしまった、恐ろしき約束。もちろん、約束をキチンと守る悠那が目指すのは、有言実行あるのみ。試合が開始され、ハルがまず狙ったのは晃が持つ剣だった。中国武術の一種、象形拳の蛇形を用いた悠那の腕は、宛ら鞭の如しである。ハルの技量にスキルによる底上げが成され、これまた合気と同様にファンタジーの領域に片足を突っ込んだ技を繰り出したのだ。

晃が振るった名剣は嘘みたいに容易に折られ、更には足に刀身をプレゼントされてしまった。足先に突き刺さった刀身がもたらしたのは、痛みとダメージだけではない。むしろそれ以上に厄介なのが、晃の機動力を著しく落とす枷となった事だ。これによって晃はその場から動けなくなり、回避の選択肢が封じられてしまう。他に選ぶ事ができるのが防御になるのだが、これもまた難しい。

（あれ、剣先がな、いや、近——）

視界に映る情報の処理がまるで追い付かず、晃の脳はパンク寸前だ。悠那はもう眼前、かといって晃は未だ剣（今は柄のみ）を振るい切ったところで、要は攻撃が終わった直後の、最も体が無防備となるチャンスタイムに突入したばかり。頭も体も、まるで間に合いそうにない。というか、間に合わない。

次いで攻撃の対象となったのは、唯一残された名剣の柄を持つ両手だった。上から下に向かう晃の腕に対して、悠那が真下から蹴り上げる。恐ろしく鋭い蹴り上げは晃の手から柄を手放させ、ついでに指をも粉砕。足先を貫いた剣と、ほぼ同時に痛みが走る早業である。だが、苦痛に悲鳴を上げている暇はない。

悠那の蹴りを受けて、腕ごと浮き上がろうとする晃の体。しかし、文字通り足枷となっている切れ味の非常に良い名剣が、晃の足に猛烈な痛みを与えながら、浮き上がるのを何とか食い止めていた。そんな彼の顎下には悠那の掌底が掛けられていて、晃の頭部は空を見上げる形となった。

「ふっ！」

「〜〜〜⁉」

悲鳴を上げたかった。だけれども、一文字の声も出ない。一体何をされたのか？　それは晃に聞こえぬこの場で答えるとしよう。顎に掛けられた掌底で、無理矢理に上斜め後方へと押されたのだ。筋力1000オーバーの怪力を誇る悠那は、剣の楔に足を引き裂かせ、晃の顎を持ったまま飛翔。浮き上がる体に歯止めを利かしてくれていた名剣は血で染まり、その切れ味を存分に発揮させた後に役目を終えて砕け散る。もう何度目の激痛か。それでも顎を押さえられ、口を開く事もできない晃。そのまま地面に背中から叩き付けられ、激しく全身を強打した。

悠那がその気になって叩き付ければ、その時点で勝負は決している。だが、晃に与えられたダメージは『全身が凄く痛い』に止まった。闇魔法で地面に敷き詰められた泥沼が僅かにクッションとして働いて、晃の体を受け止めてくれたのだ。グチャリという感触が晃に酷い不快感をもたらすも、彼が紙一重で生きているのは、その不快感を生んでいる泥沼のお蔭なのである。まあ尤も、泥沼は全く別の脅威をも生んでいるのだが。

（い、痛いっ……！　痛い痛い痛いイタイいたいっ!?）

悠那が晃を地面に叩き付けた事で顎下から手が離れ、圧迫された肺に漸く酸素が供給された頃、晃は新たな痛みに襲われていた。地面への激突から彼を救った泥沼が、晃の体を飲み込み、悠那から負わされた傷口より毒を流し始めたのだ。闇黒魔法レベル20『アドヴァール』。地面に毒沼を生成するこの魔法は、当然ながら悠那の差し金である。

（ア、アアアあぁあぅあ!?）

今の晃には、天を仰いでも太陽の光を見つける事ができないだろう。悠那が展開していたのは、毒沼だけではなかった。晃を含む毒沼の周囲を、ディーゼフィルトの闇が支配していたのだ。卒業祭でも見せた悠那の魔法に、試合舞台の外側から視覚的に観戦する事が禁じられる。

「む、あれはワシが破った闇魔法じゃないか？　ワシが！　破った！」

「はいはい、そんなに連呼しなくたって聞こえてるってば」

過度に反応を示すドライを、カルアが落ち着かせる。悠那の魔法を打破した事が、余程嬉しかったらしい。

「ここからじゃ見えなくなっちゃいましたね」

「いやまあ、こんだけの人の目があるからな。過激な描写は規制されるべきだろ？　学生とかもいるし、コンプライアンス的にもな」

「デリスさんの指示ですか……あと、コンプライアンスはちょっと意味が違うような……」

　千奈津はあえて突っ込まないが、晃も一応は学生である。闇の中から何かが折れる音や潰れる音が漏れ出す。何をされているのかは考えたくもないが、不思議と悲鳴や叫び声は上がらなかった。

「……大丈夫、なんですよね？」

「ハルがか？　敗ける筈がないだろ。リリィが演技なしで有能になるくらいにない」

「そんな心配、元からしてませんよ。私が心配しているのは、相手の方です。死にませんか、これ……」

「俺が死なせないから安心しておけ。それはもう、ここぞとばかりに全力で治療してやる」

「は、はぁ……」

「でも、これじゃ審判にも見えなくない？　ギリギリで止めるとか言ってたけど、判断つくん？」

　カルアの疑問は尤もだ。今や悠那と晃は完全なる闇の中にいて、全く中が見えない状況となっている。とても外から見て、いつ止めるべきか、なんて判断ができるとは思えなかった。

「それも要らぬ心配だ。今審判をやってんのは、実質的な国のトップをやってる団長様と宰相様だぞ？　目で見えなくたって、そのくらいの判断は下せるさ」

デリスが2人を見てみろというので、一同は悠那達からネル達に視線を移した。相変わらず、闇の中からは打撃音が奏でられている。

「……（チラッ）」

ヨーゼフ、「もう良いんじゃないか？」という様子でネルに視線を送る。

「……（ブンブン）」

ネル、「まだ試合は始まったばかりじゃない」という様子で首を横に振る。

「……（とんとん）」

ヨーゼフ、「しかし、このままじゃ死ぬぞ？」という様子で心臓に手をやる。

「……（すっ）」

ネル、「じゃ、あと1分だけ」という様子で、指を1本立てて見せた。

「あの、大分意見が割れている様子なんですけど……」

「大丈夫だって、大丈夫。万が一に死んでしまっても、俺が新鮮なゾンビにして誤魔化すから」

「……それってゴブゴブ言うんですか？」

「よく分かったな」

冗談はさて置き、事前の約束通りにＨＰのギリギリまで晃をボコボコにする悠那。ネルが止めを宣言した時、その瞬間に辺りを支配していた闇が晴れ、無傷のままそこに立つ悠那の姿が現れた。晃の状態は……学生もいるので、直接表現するのは避けよう。兎も角、先鋒戦で悠那は勝利したのだ。

「あ、晃ぁ～!?」

試合終了の声と同時に、舞台へと駆け寄る少年少女達。おお、これが青春という奴か。目指す先にある物体を除けば、正しく青春の姿だな、うん。ハルはハルで一仕事終えた感じだし、ギャップの差が激しいものだ。さて、ハルが有言実行したのなら、俺も言った事を完遂しなきゃだな。行きますか。

「あ、あき、うっ……」

「「キャ――――!?」」

「ほら、ギリギリ生きてるじゃない。私の判断は正しかったでしょう?」

「いえ、そういう事ではなく、もう少し慈悲の心があっても良かったかと……」

事件現場は悲鳴やら嘔吐やら宣言の審議やらで混沌としている。だからハルが見えないようにしてたってのに、わざわざ見に来る奴らは何なんだ。特にここで吐いている奴、まだこの場所使うんだぞ。

「はいはい、ちょっとごめんなさいね。通りますよー」

群がるクラスメイト達の波をかき分け、俺は晃のようなものに漸く辿り着く事ができた。

おー、また酷くやられたなぁ。自慢の顔は梅干しのように膨れ上がり、最早顔では誰だか判別がつかない。両手両足どころか、全ての指があらぬ方向に曲がってるし、体中の穴や傷口に泥が詰め込まれてやがる。それもこの毒、経過ダメージを極限まで薄くして、とにもかくにも痛みを体感させる為のものだ。体を若干痺れさせる効果まで付与されてるし。

闇魔法系統で生み出す毒は、術者の力量によってその性質を変化させていく事ができる。普通に使う分には緩やかに経過ダメージを与えるだけの毒なのだが、今回ハルが用意したこれは、明らかに調整されていた。うーむ、弟子の成長とは何とも感慨深いものよ……

「お、おい、あんた、晃に何をするつもりだ……？」

酷く怯えた様子の取り巻きAが、恐る恐る俺に問い掛けて来た。何だか怖がられている。こんな優しいおじさんに対して、何をそんなに恐れているのやら。若い奴の考える事は分からない。

「何って、治療だよ。邪魔だし煩いから、少し離れてくれるか？」

「う、嘘言うなよ！　そうやって油断させて、晃に止めを刺すつもりだろ！　騙されないぞ！」

いや、止めを刺すならハルが疾うに刺してる……ああ、それだとルール違反か。だから今、俺を怪しんでいると。納得納得。

「なら、俺はこれ以上手を出さないよ。自力で晃君を治療してくれ。それじゃ」

「え？　あっ……」

あっさり俺が背を見せると、更に動揺したような声が複数人分聞こえてきた。ああ、もう。どっちつかずだな、こいつら。ヨーゼフ、ヨーゼフ！

「……皆さん。残念ですが、今のアキラさんを完全に治療するには、デリス殿のお力が必要です。アキラさんは見ての通り、毒に侵され全身を余すところなく破壊された、瀕死の状態。幸い毒は即効性のものではありませんが、長引けば確実に死に至ります。どうか、デリス殿を信じて頂けませんでしょうか？」

ザッと見たところ、強力な回復魔法を使えそうな奴は、あの中にはいない。ま、ヨーゼフはああ言っているが、本職が僧侶の千奈津なら治療は可能だ。絶対に教えてやらないけどね。

「わ、わりぃ。晃を、助けてくれ……」

「お願い！　晃君が死んじゃう！」

んー……頼み方が少し気に食わないけど、このままだとマジで死んでしまいそうだ。早くやれとネルの視線もきつくなってきた事だし、そろそろ取り掛かるとしよう。

「じゃ、お前達は大人しく席に戻ってくれ。次の試合もある事だし、俺はこいつを連れて隅っこで治しとくからさ」

「……え？　次？」

「うん、次。まだ先鋒が負けただけで、中堅副将大将が残ってるだろ？　ほら、ハルが準備を終えて待ってるぞ」

「よろしくお願いしまーす！」

「……」

中堅に就いてしまったらしい男子生徒が、もう一度晃の変わり果てた姿を見た。

「いや、ちょ――」

「――中堅ムラコシ、前へ」

転移時に受けた恨み辛みを、ハルはここぞとばかりに解消した。最早下剋上といえる代物でもなかったが、４タテしたハルは満足そうだった。

◇　◇　◇

俺達は廊下を歩む。お城の中とは豪勢なもので、床に敷くカーペットまでフカフカと柔らかい。踏み出した際の足裏の反発が非常に少なく、こいつがどれだけ高価なものなのかと、ついつい勘ぐってしまいそうになる。

「今更だが、俺達があの茶番に出る必要はあったのか？」

「絶対必要って訳じゃないが、まあ念の為(ため)って感じかね。どっちにしたって、ネルとヨーゼフが一緒じゃなきゃ事は進まないんだ。試合を見てるくらい、付き合ってくれたって罰は当たらないだろう？」

「デリス殿。今回の件は感謝していますし、貴方(あなた)のご配慮がなければ成り得なかった事は、十分に理解しているのですが……どうか、王子に対してのその言葉遣いは改めて頂きたい」

「公の場でなければ、俺は別に構わないぞ？」

「私も……堅苦しいのは、あんまり……」

「ほら、次期国王と次期魔導宰相がこう言ってるぞ？」

「むむむ」

俺達は扉を開ける。王族の部屋を護(まも)るそれは重々しい。私室を1つ隔てるだけのものに、どんだけ重厚に作ってんだと愚痴を言いたくなってしまう。しかし、ネル邸の秘密の扉ほどではないので許してやろう。

「掃除する使用人は大変だな。毎回これ開けるのか」

「デリスの力なら、何の問題もないだろ？　弟子がああだったしな」

「ああ、確かにそうですね」

「同意です……」

「いや、気持ち的に滅入るだろ。仕事や趣味は兎も角、日常生活はできるだけ楽をしたい派なんだ、俺。可能なら、全部自動ドアにしてほしい」

「どれだけのマジックアイテムを無駄使いするつもりなんですか……」

図らずも、先頭を歩いていた俺はクソ重い扉を開ける位置取りをしてしまった。はいはい、開けますよ。ギギギギ、っと。

「で、王様はお目覚めなのかな？」

扉の先は、この国の王の部屋だ。内装については、もう面倒だから説明はしない。カーペットやら扉やらで、もう懲り懲りである。部屋の中にはネルとヨーゼフが先に来ていて、王が横たわるベッドの傍らに控えていた。

「な、何事だ？　ヨーゼフ、ネル。あの者らは、先の選考会にいた者らで、う、あ……」

突然の俺達の訪問に、国王は状況を理解できていない様子だった。

ディアス王子の顔を認識して、俺達が何の用件で来たのかを把握したようだ。だが、ネブルの、

「国王、この者らが少しばかり大事な話があるそうです。大人しくお付き合いください」

「……っ！」

ネルが鞘に収めた剣の柄に手を置きながら、見下ろす形でそう言い放った。これは怖い。

俺なら無条件で土下座する。

「そのですな、王よ……これはちょっとしたクーデターです。穏便に済ませたいので、どうか心をお鎮めください。私とネル団長もあちら側ですので、どうか悪しからず御了承ください」

周りにいるのは敵ばかり。最強の味方にまで裏切られたクロウド国王は、ベッド横にあった椅子に座らされ、ディアス王子と対談する事となった。大っぴらにクーデターだと宣言され、ネルに睨まれた国王がこれに抗える筈もなく、ヨーゼフと俺が予め用意していた譲位用の書類にサインしていく。ディアス王子もここまで上手く事が運ぶとは思っていなかったらしく、呆気なさそうな表情を浮かべていた。
「ふむ。ディアス王子、いえ、もう国王ですかな。これで書面上は貴方様に王位が移った事になりました。新たな王の誕生を大変嬉しく思います」
ヨーゼフが早速顔色を窺うような発言をしていた。いやはや、前の雇用主を前にしてこの変わりよう、流石と言わざるを得ない。本当であれば譲位がこんな簡単に済む筈がないのだが、そこは色々と手を回させてもらったのだ。文武トップの了解もあるし、貴族らは元々ネルとヨーゼフの派閥に殆どが含まれているので問題ない。後に問題があるとすれば民達への発表と、周辺諸国との関係くらいなもの。ま、これもそこまで根深いものではないし、ヨーゼフお爺ちゃまが何とかしてくれるだろう。孫の為にも、な。

「ふう。元々国王という柄ではなかったが、よもやこのような形で王位を降りる事となろうとはな……」

元国王のクロウドが、大きな溜息を吐きながらそう呟いた。これまでかなり苦労していたようで、顔のしわがとても深くまで刻まれている。

「……1つ、聞かせてほしい。親父、何で赤ん坊の俺をノーランド家に預けたんだ？」

ディアスが目の前にいるクロウドに尋ね始めた。え、何？　これから真面目な話すんの？

「まだ、私の事を親だと言ってくれるのか……何、私の力が及ばなかったのが原因だよ。私の父である前王のような統治能力がなく、部下を上手く使う技量もない。むしろ、私がダシに使われる有り様だ。今ほどではないにしろ、それは私が王位を引き継いだ後から顕著であった。そんな中、妻からお前が生まれたとの報告を耳にした。ああ、あの瞬間は私にとって、最も喜ばしい瞬間だった。暗い闇の中に一筋の光が差すような、感慨深いものだったのだ」

「なら――」

「――だが、私はこの事を公表しなかった。私が子供の頃から付いている馴染みの使用人、そして私唯一の親友とも呼べる、今のノーランド家の当主以外に、お前の存在を話すつもりは毛頭なかった」

長くなるなら帰っていいかな？　え、駄目？

「先ほども言ったが、私はこのような座にいるべき人間ではない。良くても、数人の部下を束ねるような役職で精一杯だろう。だからな、ディアスよ。お前にも、同じ重責を背負わせたくなかったのだ。あの場でお前の存在を公表してしまえば、確実に周囲の者達に利用されていた。最悪、私を殺して幼いお前を王に据え、傀儡にしようとする輩がいたかもしれん」

「……親父」

おい、お爺ちゃま、言われてるぞ。え、俺？　ソンナ事ハシナイヨ？

「だが、お前に限ってはそのような心配は無用だったようだ。我が国最強の騎士団長ネルに、腹の読めぬ魔導宰相のヨーゼフに手綱を付け、私のところまでやってきた。おまけに、学院の学友達が次のポストに就くという。お前には、私にはなかった力があるんだろう。ならば、私は喜んでこの座を退こう。この国を頼んだぞ、ディアスよ」

「……確かに、承った」

おっし、エピローグだ。こうしてディアス王子は新たな王となり、大々的に国としての在り方が改められる事となる。

ヨーゼフは孫に当たるウィーレルを次の魔導宰相の座に指名し、一定期間の後に退任する事に。ハルや千奈津(ちなつ)達を誘拐した罪に関しては、いくつか条件を呑(の)んでもらう代わりに、退任後の自宅謹慎という非常に軽い形で償ってもらう事となる。それはもう、色々と呑んでもらった。

更には、城のワンフロアを独占していた晃(あきら)達にもメスが入った。ヨーゼフの退任が決定するのと同時に客将という地位を失った晃らは、城を出て行くのを余儀なくされる。しかし、曲がりなりにも誘拐された側である彼らは被害者であり、国としても放っておく訳にもいかない。強制転移の逆、要は帰る方法はやはりなかったようで、元いた世界に帰る事もできない。そこでディアスは十分な恩賞金を与え、これからは正式に国に仕えるか、街で働くか、もしくはハルや刀子(とうこ)のように冒険者となるか、それとも国を出て行くか、これらから選ばせる事とした。14人いた奴らのうち、出て行った奴らは半々。まあ、殆どが晃関係の奴らで、文句の1つも言うかと思っていたんだが、不思議と震えながら素直に従ってくれた。何でだろうなぁ、本当に不思議なものだ。

勇者選考会はあの後に話し合いで勇者が決定し、これもウィーレルが務める事となった。勇者ウィーレル、その仲間としてハル、千奈津、テレーゼがパーティインする形である。茶番に付き合ってもらったカルアやドライらには礼を言い、後でハルと手合わせできる権利をあげる事にした。ドライは喜んでいたんだが、なぜかカルアは顔の片側を引きつらせていたんだよなぁ。仕方ないので、マイコレクションから適当なスクロールを渡してやる。

俺は風魔法使えないし、まあ良いお礼になったんじゃないかな。

後は、ええと……むむ、誰か忘れているような気がするんだが……ま、良いか。そんな感じで、勇者選考会と王位継承は無事に終わったのだった。

皆が寝静まる夜遅く、ジバ大陸、隣国タザルニアの西海岸にて。海岸は月光に照らされて、夜にだけ見せる、その黒に染まった波にて僅かに光を反射させている。しかし、その中で揺られているのは、押し寄せる津波だけではなかった。ぽつりぽつりと、その中に波とは異なる鈍い光沢があるのだ。始めのうちは水平線の辺りにいたそれらは、徐々に徐々にと浜辺へと人知れずに近づき、遂には次々と上陸を果たしていった。
魚の顔と下半身を持つ彼らだが、首より下の上半身は非常に筋肉質な人間のそれで、何ともアンバランスな印象を受ける。彼らは『マーマン』という種族のモンスターであり、人と魚の中間に位置する者達だ。手に持つは漁師が漁で使うであろう、鉄製の長い銛。このような屈強な体格のモンスターに突かれては、人の体など容易に串刺しにされてしまう

だろう。

一般的なマーマンは、レベル3程度の討伐モンスターと設定されている。しかしそれは、あくまでも陸の上で戦う場合の話。彼らは海から陸へ上がってからも、適当な水辺を探して巣を作り出す。水を得た彼らマーマンの討伐レベルはワンランク上に、場合によっては2つ上にまで跳ね上がる。

「ギ、ギギッ、向カエ、向カエ」

「ギ、行動、開始。行動、開始」

砂浜を蛇のように這いずるマーマン達は、タザルニアの領地、その奥へ奥へと進んで行く。生物の気配を、そして水の流れる音を探知して、食料と住居を確保する為だ。それが下位の者達に与えられた役割であり、種族としての本能だった。

――ザザァーン。

そして今、一際大きな体軀をしたモンスターが海面から姿を現す。このモンスターに比べれば、先ほどまで屈強と思われていたマーマン達の肉体なんて、実に貧弱なものに思えてしまう。腕周りだけでも女性の腰ほどもあり、はち切れんばかりに筋肉で膨れた首は大木のよう。その手にあるのは鉄銛ではなく、代わりに三叉槍を携えていた。

「さあ、蹂躙の時間だ」

――修行31日目、終了。

第五章　海魔

「タザルニアに……魔王軍が侵攻、ですか……？」

城内の政務室でヨーゼフの仕事を手伝うウィーレルは、表情を変える事なく、静かにそう答えた。彼女は表情筋が非常に硬く、無表情無感情と勘違いされがちなのだが、これでも結構驚いている。

――修行32日目。

「うむ、今朝方国境の砦から連絡があってな。何でも、海岸沿いから統率されたモンスターの集団が現れ、周辺の漁村などを襲っているそうだ。アーデルハイトは内陸国である土地柄上、海辺に接する領土はないが、他国でも不審な影を海中に見掛けたとの知らせがある。魔王軍が本腰を入れて動き出したと見て、ほぼ間違いないだろう」

「連合の召集が……早まる……？」

「かもしれん。しかし、タザルニアは我が国との同盟国でもある。悠長に召集を待っている暇はないからな。タザルニアであれば、友軍の名目で騎士団の派遣も容易いだろう。まずは、ネル団長にそれ用の遠征軍を組織してもらい――」

「――ヨーゼフ魔導宰相……私、行きたいです……」

「なぬ？」

内気なウィーレルにしては珍しく、自分からタザルニアに向かいたいとの意見を出して来た。しかも、表情は変わらないが、瞳が物凄く輝いている。

「しかし、ウィーレルには私の仕事を覚えてもらわなくてはならないのだが……」

「私は次期魔導宰相であると同時に……アーデルハイトの勇者、でもある……名目は十分に立つし……七光りと言われないように……今のうちに、実績を挙げておきたい、です……」

「……本当のところは？」

「海、魚、見たい……」

ウィーレルが関心を示したのは、海から出て来たというモンスターだ。彼女が水魔法を好んで使用するようになった切っ掛け、それは幼き頃に母と海外旅行をした際に見た、透き通るような青い海の景色であった。それまでアーデルハイトの国外を訪れた事がなかったウィーレルは、眼前に広がる海の雄大さに心打たれ、水を意識するようになった。以降、元々優秀であったウィーレルの才能は更に開花。彼女が操る魔法はまるで生きている実際の生物のようだと周囲から称賛され、今ではヨーゼフをも絶賛するものへと進化し続けていたのだ。

「うーむ……まあ、確かにウィーレルの言う事も尤もか」

そして、ヨーゼフの元々甘かったウィーレルの扱いは、更に甘いものへとなっていた。彼女が我が儘とは無縁な性格だから良かったものの、場合によってはただの爺馬鹿である。

「ならば、勇者の供にも準備させる必要があるな。微妙な心境ではあるが、彼奴の実力は本物だ」

「うん……ハルナさん達が一緒なら、安心……」

気の早いウィーレルは、早くも荷物をまとめ始めていた。

「『勇者遠征？』」
「は、はい。ヨーゼフ魔導宰相がそのように提案されていまして……」
ネル邸の庭に設置した元マイホームにて寛いでいると、妙にオドオドした様子のカノンが、遠征についての話を持ってやって来た。何だ、いつもの調子と違って、いやに落ち着かない感じだな。
「遠征については了解した。千奈津とテレーゼは騎士団本部にいるだろうし、もう話も付いているんだろ。ところでさ、何でそんなに挙動不審なんだ？　何かの病気か？」

「ち、違いますよ！　だって、ここってネル団長のお屋敷じゃないですか。落ち着けって言う方が無理な話ですよ！」

「屋敷って言っても、敷地内ってだけなんだが……」

「それでも緊張するもんはするんです！　ネル団長、裏で超凶悪なモンスターとか飼っていそうですし、何かこう、下手なダンジョンよりも重圧を感じるって言うか……実際、ちょっとした噂にもなっているんですよ……？」

「……ハハ、ソンナ事、アル訳ナイジャナイカ」

「いるんですかっ⁉　ああ、いや、僕は何も聞いてませーん！　本当にマジで、何も都合が悪くなるような事は耳に入ってないんで！」

これが学生時代、貴公子なんて呼び名だったんだもんなぁ。ちゃっかりヨーゼフのパシリにされてるし……ネルの英才教育がどれほど厳しいか、それに付いて行ける千奈津神がどれだけ優秀なのかが窺える一幕だ。

「あはは。カノンさん、そんな凶悪なモンスターなんて、このお屋敷にいる訳ないじゃないですか～。いたとしても、精々が壊れた鍛錬場を綺麗に修理してくれる、真面目な門番さんくらいなものです」

「え、そう？　本当に？　いやー、ははっ。実は僕も、そんなのあくまで噂でしかないって、常々思っていたんです。騎士の先輩として、後輩に格好悪い姿は見せられませんから！」

カノンよ、その後輩と目の前のハルは同世代に当たるんだが、それは良いのか？　あと、もうお前の外面は手遅れだと思う。

「あれ？　でも、この屋敷にそんな門番っていたかな……？」

「あー、カノン君カノン君。それで、肝心の出発時間やら集合場所やら諸々の日程はどうなっているんだい？　一応は国が指定する勇者パーティだ。まさか当日に顔合わせ、なんて事はできないだろ」

いい加減、この件から話を逸らしたい。ネルの屋敷は健全です。何も怪しいところはございません。

「あ、すみません。ええとですね、同盟国タザルニアの危機という事で、急ですが出発は明朝に。早速ですが、今からでも城にお越し頂きたいとの事です」

「今からか、本当に急だな……」

「これまで南の大国、『クロッカス』でしか確認されていなかった魔王の軍勢が、遂にタザルニアにも現れたようですからね。ヨーゼフ魔導宰相もそれで急いでいるようです」

魔王の軍勢ねぇ。表向きはクロッカスだけだった、だけどな。前に西の国境線に突如出現したゴブリン軍、あとネルに焼き払われたオーク軍。あれらも大八魔期待の新人、『支配欲』のフンド・リンドの差し金だって事は既に判明している。確かあいつの主力は海中に住むモンスターだったからな。内陸に国を置くアーデルハイトに対しては、そんな理由で他種族を使っていたんだろう。

あー、今思い出したけど、あのディンベラーって奴も元気かな？　仮面を外したら中身がタコってのは少し驚いたもんだったが、結局バーベキューの素材として、ちょっとだけ素材を提供してもらったんだよなぁ。あの場で海鮮物が提供される事に、誰も疑問に思わず美味そうに食っていたっけ。確かあいつ、何たら四天王の1人とか吐いてたな。まあ、名前からしてそれなりの幹部ではあるんだろう。カノン、今なら大八魔幹部を焼いて食った男として、後輩に自慢できるかもしれないぞ！

「魔王軍ですか。どれくらい強いんでしょうね？」

「んー、幹部であの石巨人くらいじゃなかったかな。今のハルならタイマンでもいけると思うぞ」

「石巨人……強敵でしたね～」

そう考えると、うんたら四天王が全員集まってハル達と良い勝負か。あ、でもディンベラーの復帰は無理だろうからな……フンド自身が来ていれば、また話は変わるけど。

「あれ、デリスさん詳しいですね？　もしかして僕が来る前から、ネル団長から連絡を貰っていたんですか？」

「あ、ああ、そうそう。そんな感じ。じゃ、早速ハルを連れて行ってくれ」

「師匠は来ないんですか？」

「いつまでも保護者同伴じゃ、勇者の仲間として示しがつかないだろ。さ、行って来い」

——勇者会議。それはアーデルハイトの勇者による、今後のパーティの方針を話し合う会議だ。来たる魔王との戦いを控え、国の未来を担った栄光なる彼女達は、これから崇高な意見を交わし合うのである！

「あ、ウィーちゃん！　こんにちは！」

「失礼します」

「失礼しますわ！」

「こんにちは、皆さん……早いですね……お爺ちゃんがお菓子を用意してくれましたので……どうぞ、自由に摘まんでください……」

城内の会議室にて集まる4人。悠那を案内したカノンが一緒だったのは部屋の前までで、今はもう騎士団の本部へ戻っている。ヨーゼフの姿もここにはなく、室内は勇者パーティである悠那達しかいない。部屋の真ん中に置かれた机を中心に、悠那達は準備された席に座った。

「このお菓子美味しいね！　ヨーゼフさんが焼いたの？」

「いえ……前に買った高級菓子だと思います……」

「あ、本当。適度に甘くて美味しいわね」

「このクルミを使った独自の風味、クロッカス産の菓子ではなくって？」

「「へ～」」

「流石会長です……」

「ふふっ、もう会長ではありません。今は騎士見習い兼農耕担当のテレーゼです事よ！　オーホッホッホ！」

　国の未来を担った栄光なる勇者達が手始めに語り出したのは、クロッカスの銘菓『ナッツキッシュ』について。古今東西の名産品に詳しいテレーゼの豆知識のもと、歓談は大いに盛り上がっていた。

　……まあ、彼女らだって花も恥じらう乙女なのだ。権力者達がバチバチと意見をぶつけ合うような、荘厳で重苦しい雰囲気なんて出せる筈がなく、出す必要もないだろう。今はこういった些細な話で親睦を深め、パーティの絆を紡いでいくのが先決なのである！

――と、別の部屋の窓から単眼鏡で様子を窺うヨーゼフは、勝手に納得していた。

「「「ご馳走様でした（ですわ！）」」」

「美味しかった……」

机に置かれたキッシュは綺麗に食され、勇者達は満足そうにお腹をさすっている。

「満足……」

「ねー」

「ですわー」

「ええと、それでウィー。明日からの遠征の事なんだけど……」

一向に本題が進みそうになかった為、千奈津が仕方なしに話題を振った。ウィーレルは思い出したかのように手を叩いて、改まって悠那達と向き合う。

「お腹を満たしたところで……本題に入りましょう……」

スッと立ち上がったウィーレルは、懐から出した1枚の地図を机の上に広げ始める。何だ何だと悠那、千奈津、テレーゼはそれを凝視した。

「同盟国のタザルニア……これは、その領土全体を描いた地図です……隣接するアーデルハイトも、少しだけ描かれていますが……どれだけタザルニアが大きいのか、比べて分かると思います……」

「こっちがアーデルハイト？」

「そうね。で、ここが国境。そこから西は、全部タザルニアよ」

「うわ、何倍くらい大きいんだろう……」

ウィーレルの出した地図にはアーデルハイトが半分ほど載っているのだが、それと比較してタザルニアの土地は広大だった。ジバ大陸西部の大部分を領土とするタザルニアは、横断するだけでもかなりの時間を要してしまいそうだ。

「タザルニアはとても広いです……そして魔王の配下と思われるモンスターが暴れているのは、タザルニアの西海岸付近……普通に移動していては、１週間以上時を掛けてしまいます……それを見越しての少数精鋭……なのですが、それでも厳しいです……」

「はい！　不眠不休で走るのはどうかな？　たぶん、３日で到着すると思う！」

「ハルナさんやチナツさんなら兎も角……私やテレーゼ騎士見習い兼農耕担当には、ちょっと無理かと……」

「オーホッホッホ！　体力は兎も角、速さが足りませんわっ！　私、鈍足でしてよ！」

「ごめん、私も不眠不休はちょっと……」

　悠那の意見は皆の反対により一刀両断された。冷静になって考えてみれば、ウィーレルの敏捷は２００足らず、テレーゼに至っては初期値の１なのである。尖り過ぎたステータスがここで仇となり、１０００近い敏捷値を誇る悠那、千奈津に２人は絶対に追い付く事ができないのだ。

「走って向かうのは無理です……なので、今回はこんなものを使います……」

　ウィーレルは再び懐から何かを取り出し、それを地図の上に置いた。

「これは……竜の駒？」

「はい……馬車ならぬ、竜車です……お爺ちゃんに地竜を2頭用意してもらいました……調教した地竜の速度は、ザッと馬の倍はあります……これで、私やテレーゼ騎士見習い兼農耕担当がいても、大丈夫……しっかりと休憩を取っても、5日で目的地に到着する事ができるでしょう……」

国公認の勇者の為、ヨーゼフは用意できる中でも最高級の移動手段を手配していたらしい。国章付きの専用竜車に、アーデルハイト内には生息しない地竜を、それも2頭も。

……勇者がウィーレルだから、という気もしないではないが。

「流石ですわね、ウィー！　ですが、その名は少し呼びにくいでしょう。今後、私の事は呼び捨てでお呼びになって！」

「では、テレーゼさんで……」

「わ～、地竜か～！　師匠の新婚旅行話にもあったけど、私は竜に会うの初めてだな～」

地竜とは陸を駆ける事に特化した竜で、地上では随一の速さを誇るスピードスターだ。その中でも調教師が一から育て、スキル構成を完璧に管理した地竜は更に俊敏であり、当然値も張ってくる。そして、ヨーゼフは微塵（みじん）も迷わずそれを購入した。……公費で。

「タザルニアには、お爺ちゃんから連絡してもらってます……明朝に出発して、西の国境砦（とりで）で1泊……その後はタザルニア国内の街々を通りながら、西海岸を目指す形です……何か、質問はありますか……？」

「はい！　ゴブ男君は連れて行っても良いかな？　馬を操れるから、竜も操れるかも！」

「ああ、ゴブォですか。ウィー、あれは良いゴブリンですわ！　私も賛成致します！　私は騎士ですが、馬も操れません！　御者の隣に立つ事しか、お役に立てなくてよ！」

「テレーゼさん、その、隣に立つ行為も特に役立っている訳では……」

「退屈はしませんわよ？」

「……」

確かにと、千奈津は心の底から納得してしまう。無理を通す女、それがテレーゼ・バッテン。副団長も形無しだった。

「御者役としてのゴブリン、ですか……ちなみに、レベルは……？」

「６！」

「採用です……！」

「やったー！」

ゴブ男、知らぬ間に勇者パーティの御者として加わる。高尚な御者たる者、格好も大事。ゴブ男の専用御者衣装も、今日中に手配される事となった。

「こんなところでしょうか……？」

「あ、そうだ。タザルニアに現れたモンスターって、どんな種族？」

「知らせでは、マーマン系が大部分を占めると聞いています……レベル３、レベル４の混合部隊のようです……ただ、その中に1匹だけ異様な雰囲気を発する者もいるようで……」

「それがボス？」

「かと……他のマーマンより屈強だそうで、目にすれば直ぐに分かるとの事でした……私達が目指す討伐対象は、このモンスターですね……タザルニアも、大分これに苦戦を強いられています……」

「ボスモンスター……！　よーし、皆！　明日は気合いを入れて起きよう！　おー！」

「おー！　ですわ！」

「お、おー！」

「おー……低血圧だけど、頑張ります……」

　こうして第1回勇者会議は幕を閉じた。実に崇高で堂々たる会議であったと、後にヨーゼフが語っていたのは、また別の話である。

　その日の夜、鍛錬を終えた悠那達は明日の出発準備をしていた。悠那は収納機能のあるポーチへ、千奈津は肩にかけるタイプのバッグに荷物を入れていく。そこには千奈津の

ベッドに腰掛けるネルの姿もあり、2人の支度姿を見ながら話をしていた。

「にしても、明日とは随分と急よね。もっと余裕を持っても良いでしょうに」

「場所が場所ですからね。それに、あの広大なタザルニアを横断するんです。早い出発に越した事はないですよ」

「そう？　走れば1日も掛からなくない？」

「それは師匠だけの話です……」

ネルは千奈津達がいなくなるのが不満のようだ。

「ネルさんや師匠は来ないんですか？　魔王退治って事でしたから、てっきり来るものかと思ってましたけど」

「残念、立場上国外には出辛いのよねぇ……同盟国を助けたいのは山々だけど、第一に優先すべきはアーデルハイトの防衛だとかで、新しい国王のお許しが出ないのよ。全く、前の王みたいに譲らないし、困ったものだわ」

「一応、進言はしていたんですね……」

王位を譲位され、新たなアーデルハイトの国王となったディアス。彼はネルの『私に焼かせて！』という突貫案を却下し、国を代表する勇者にこの件を一任する事としたのだ。国外で何を爆発させるか分からない核弾頭よりも、今功績を積ませたい勇者達を優先させた形だ。ネルは不満だろうが、至極真っ当、至極妥当な判断だといえる。

「ま、そういう事で、今回は貴女達だけで解決して来なさい。魔王の配下っていっても、魔王以外は雑魚ばかりでしょうし、幹部もいい的でしょうに。これを機に、パーティとしての完成度を高めておく事ね。連携は大切よ、連携は」

「なるほど～。ネルさんも師匠と練習されたんですか？」

「んー、私達の場合は自然とそうなった形かしら？　私が突撃して、デリスが諸々のフォローをして——うん、素晴らしい連携ね！」

単なる後始末とも呼べる。そのような雑談をしていると、扉からコンコンというノック音が鳴った。

「おう、俺だ。入っても大丈夫か？」

「師匠？　どうぞ～」

悠那の声の後、ガチャリと扉が開かれる。扉の奥には、何冊もの本を手に積んだデリスの姿があった。この瞬間、悠那の脳裏に電撃が走る。……嫌な意味で。

「姿が見えないと思ったら、ネルもここにいたのか。明日からの遠征の話か？」

「そんなところよ。デリスも？」

「まあな。ハル、どこに行くつもりかな？」

デリスは横を通り過ぎて、部屋を出ようとする悠那の首根っこを掴む。器用にも、持っていた本の束は悠那の頭上に置かれていた。

「え、えへへ、ちょっと所用を思い出しまして」

「それなら安心しろ。そんな所用の優先度は、俺の用件よりも数段劣る。詰まり、俺を優先しろ。オーケー？」

「オ、オーケー……」

明らかな勉強道具の山を前に、逃走を図ろうとした悠那。しかし、それは叶わない。生きていく上で、学ぶ事からは絶対に逃れられないのだから。

「という訳で、移動時間中にお前が学ぶべき資料一覧だ。ハルの頭でも理解できるように、俺が全部厳選しておいた。分からない事があったら、ちゃんと千奈津に質問するように。時間は有限、時は金なりって奴だ。折角『演算』スキルも覚えたんだから、これを機に戦闘以外でも頭を動かすように」

「はい……」

ゴブリンでも分かる魔法シリーズから、手書きされた新たに覚える段階別魔法一覧（説明文付き）、これから向かうタザルニアに関する資料、モンスターの図鑑らしきもの、大量のスクロール、テレーゼ用鍛錬スケジュール、お土産所望リスト――悠那が覚えるものは、ネタが尽きなかった。本で勉強はしなくて良い？　そんな事言ったっけ？　デリスは真顔でそう答えるだろう。

「あ、やっぱり私なんですね……デリスさんも、今回は行かないんですか？」

「ああ、俺はパスする。下手に手を出して、お前らの功績の邪魔になりたくないしな。保護者なしの初めての遠征だ。ま、本格的に連合が動く前の予行練習とでも思っておけ」

「もう、それっぽい事言っちゃって……本当のところは？」

「暫く遠出したくない」

「「……」」

この師匠達は、良くも悪くも素直だった。

「いや、そんな顔すんなよ……俺だってな、式の準備やらで忙しいんだ。毎回毎回時間を作れるほど、大人は暇じゃないんだよ。そこのところ、勘違いしないように！」

「「……」」

「何その顔!?」

この弟子達は、良くも悪くも素直だった。

「冗談はさて置き、もうすぐ結婚式があるんでしたね。私達も間に合うと良いのですが」

「その辺は大丈夫よ。最終的にはデリスが何とかしてくれるから」

「ええっ……お前さ、最近昔のノリに戻って来てない？」

「気のせい気のせい。ま、式の事は心配しないで、まずは明日からの事に集中しなさい。ちゃんと待っててあげるから」

「「はーい」」

「……」

調整するのは自分では？　そんな顔でネルを見詰めるデリス。しかし歯牙にも掛けられず、大人しく泣き寝入りするしかなかったのであった。

ハル達の部屋を出て、俺はネルと共に自分達の部屋へと足を向ける。明日からは賑やかな弟子もいないんだ。精々羽を伸ばさせてもらおう。と、そんな話をしながら。

「――で、本当のところは？」

部屋の手前、屋敷の吹き抜け部分の手すりに背を合わせて、ネルが突然問い掛けて来た。早く言いなさい。俺をそう怪しむように、目を細めている。

「監督義務というか、何というか……まあ、陰ながら追い掛けようと思う」

「ハァ、そんな事だとは思ったわ。デリス、私が言うのも何だけど、本当に甘くなったわね。あの勇者もどきを助けた時もそうだったけど、昔の貴方なら治療と称して止めを刺して、ゾンビにでもして操るくらいはしていたものだったのに」

「あー、それは少し自覚あるかもなぁ。約束とはいえ、マジで治してやったし。埋め込んだのも発信機だけにしちゃったもんなぁ」

「もう、本当に詰めが甘いんだから」

ネルの言う通り、爆薬だけでも仕込んでおくべきだったかね？　ああいう輩は僅かな期間反省したとしても、大方後に碌な事をしないもんだ。甘い汁をすすった経験があるのなら、それは尚更の話。やられた復讐を目論む、結局悪事に手を染める、仕返しを諦め弱者を標的にする。大体はそのどれかに落ち着くだろう。あれだけ盛大な負けっぷりを晒した偽勇者君なら、直接的な復讐は恐らくして来ない。トラウマになるレベルだったもんな。だから、やるとすれば2つ目か3つ目のどれか。生半可に力があるから、絶対やると俺が保証してやろう。ネルの指摘通り、さっさと殺して不良共の後を追わせた方が楽なんだろうが……

「まあ、他にも利用価値はあるだろ」

「……デリス、悪い顔をしているわ。悪巧みは表に出さないでやりなさい」

「あ、はい」

偽勇者はさて置き、俺が今すべきはハル達の後を追跡する事だ。確か、ヨーゼフのじじいが用意した竜車で行くんだったか。ハルは勘が鋭いし、ある程度は距離を空けてと……ああ、テレーゼの高笑いが良い目印になるな。

――修行32日目、終了。

◇　◇　◇

――修行33日目。

遠征当日、早朝。俺はハル達を（表向き）見送る為、城の城門前に来ていた。しかし、ここには異様な存在感を放ちまくっているものがある。国の紋章を誇らしげに描き、朝日の光を反射する銀の竜車。

「グォン」

「グゥルル……」

そして、見る者を圧倒する2頭の地竜だ。幼竜の頃から育て上げた生粋の運び手のようで、今では見事な成竜となり軍馬の二回りは大きい。地竜は空を飛ぶ翼がない代わり、地を蹴る脚が発達している。有名どころの肉食恐竜みたいな見た目、なんて説明した方が分かりやすいだろうか？

「うわー、おっきいですね～」

「勇者の方々の為に取り寄せた地竜です。名はマカムにレドンと言います。人の言葉を理解する程度に頭が良く、こちらの命令もよく聞いてくれるでしょう」

俺と同じく、見送りに来たヨーゼフが高説を垂れている。勇者の為っていうか、孫の為な。エルフリゾートで見た地竜よりも高そうなもん買いやがって。おまけにこの竜車も、全部高品質な白銀鉱じゃねぇか。鋼鉄よりも軽く、鋼鉄よりも丈夫であると謳われる希少鉱石をこんな潤沢に……！　さては、転移勇者達に費やすつもりだった資金を全部これに回したな!?

「見た目は怖いけど、仕草は犬みたいね」

「あはは、お腹見せてる！」

ハルよ、それはたぶん強者に服従するポーズの類だ。普通、飼い慣らされた竜でもそんな事はしない。精々顔を舐められるくらいなもんだ。こいつらの場合、それさえも恐れ多いって顔になってる。

「これは良い地竜……この子達なら、もっと早くに到着できるかも、です……」

「竜車もなかなかにエレガントかつエレファント！　私、気に入りましてよ！」

「そうでしょう、そうでしょう。ホッホッホ」

「ですわ！　オーホッホッホ！」

思わぬデュエットに困惑しながら、俺達は竜車に乗ったハル達を見送る。御者のゴブ男を先頭に、ダカダカと地響きを鳴らしながら走り出す竜車。サイズから考えればすぐ分かりそうなもんだが、予想以上に煩い。これは街中で乗るもんじゃないな。

「師匠ー！　いってきまーす！」

「倒す前に情報吐かせろよー」

ハルは姿が見えなくなるまでこちらに手を振り、無垢な笑顔のまま遠征に旅立って行った。俺の隣にいるヨーゼフのじじいもらしからぬ笑顔で手を振り、暫く竜車を見送っていた。じじいの新たな一面の発見に、心底鳥肌が立ってしまう。さて――

「じゃ、そろそろ俺も行って来るから」

「千奈津の事もよろしくねー」

「デリス、いくら可愛いといえど、これに乗じてウィーレルに手を出そうなんて考えるでないぞ。協定を交わした身であるが、そんな事になれば地獄の果てまで追い掛けてやるぞ！」

「しねぇよ、俺の弟子もいんだぞ！　……最近さ、じじいのキャラが掴めなくなってきてんだが、ボケた訳じゃないよな？　あの腹黒いじじいに普通の孫好き爺さんの役をやられると、こっちは鳥肌もんだぞ。ほら、こんなに」

主に孫が関わる時にな。腕の鳥肌を見せてやる。

「私は昔から変わらん。単に、余計なものを心配する必要がなくなったからだ。ディアス国王は聡明であるし、ウィーレルの地位も約束された。貴様に国を乗っ取る意思がない事も分かった。あの子を取り巻く未来が安泰であれば、私には何もいらんのだ。後は裏方から支援してやるだけの事、それだけだ」

「ヨーゼフ、お前……」

俺にハルという弟子ができたように、孫ができた事で腹黒で自分本位で利益を最優先にするヨーゼフにも、自身を改めようとする気持ちが生まれたんだろうか？　だとすれば、将来的に俺達にも分かり合える日が来るのかもしれない。そうだな、今の俺の心情を端的に表すとすれば、こうだ。

「気持ち悪いな……」

「気持ち悪いわね……」

「うるさいわ！　私にとっては、お前らに弟子ができる事自体が気持ち悪いわっ！」

城門前では俺達のギャーギャーと騒ぐ声が数十分ほど響いていた。

城下町ディアーナを出発した竜車は、悠那達を乗せて西へ西へと進んで行く。竜車のキャビンは10人は乗れそうなほどに広く、横には複数の小窓が、前方と後方は開閉可能となっている。これを全開にすれば風がダイレクトに感じられ、非常に心地好い。結界が施されているのか、どんなにスピードを出しても当たる風が適度に調整され、地竜達の足音も緩和されるのだ。

「わ～、気持ち良い～！」

「思っていたよりも揺れないし、乗り心地も良いわね」

「この竜車は最新の技術を用いているそうで……殆ど揺れません……」

「ゴブオの操縦も素晴らしいものですわ！」

祖父と師匠らの喧嘩とは対照的に、こちらのムードは実に和やかなものだった。しかし、いつまでも楽しんでばかりはいられない。何せ、移動だけでもかなりの時間を要するのだ。この貴重な時間、ただ待つだけに消費するのは罰が当たるというもの。早速千奈津はデリスより渡されたお勉強道具を取り出し、キャビン内のテーブルの上に広げ始める。

「ち、千奈津ちゃん、それはもしや……？」

「そのもしや。国境の砦までは小休憩しか挟まないし、それまでに区切りの良いところまで進めちゃおう」

「うう、頑張ります……」

悠那と千奈津が魔法のお勉強を始めると、テレーゼとウィーレルも興味を惹かれたのか、両腕をテーブルに置いてその教本を横から覗き見る。

「あら、闇魔法のお勉強ですのね！　私は土魔法専門ですから、なかなか新鮮な感覚がしますわ！」

「はうあっ……！　土魔法、専門外デス……」

悠那は自分が使う闇魔法を把握するだけでも一杯一杯で、戦闘状態でもない限りは十全にその知識を扱う事ができない。しかし、今の悠那には演算のスキルがある。これを用いて、悠那の学習速度は格段にアップした。具体的には苦手分野で成績表が2だった科目が、3程度に上昇する上がりっぷりだ。漸く人並み、なんて事は言ってはならない！

「演算スキルを鍛えていけば、きっと今よりも楽に覚えられるようになるわ！　だから、私と一緒に頑張ろう！」

「う、うん！　私、全力を尽くすよ！」

ゴブリンでも分かる魔法シリーズを腕に抱え、決意を新たにする悠那。その隣で、ウィーレルがパラパラとその教本のページを捲っていた。流しで一通り捲り終わり、本が閉じられる。次いで、ジッと悠那の方を見るウィーレル。

「……」

彼女の表情は動かないし、何も言わない。しかしながら、そんな仕草は却って敗北心を植え付けるもの。負けず嫌いな心に炎が燃え上がり、悠那は自ら勉学に勤しむのであった。

「闇黒魔法レベル1『ダークエンチャント』、効果は闇属性の付与！　レベル10『ケロウクライ』、対象を腐食させる！　レベル20『アドヴァール』、毒沼を生成！　レベル30『ヴァイトール』、能力を落とさずに遺体をゾンビにする事ができる！　どう、合ってる⁉」

「ええ、魔法名も効果も全問正解よ。でも、ここまではあくまでも悠那が既に習得している魔法。レベル40からは未知の領域よ。1つずつ、着実に覚えよう！」

「うん！」

悠那と千奈津は燃えていた。2人とも、この旅路で大分レベルが上がりそうだ。その一方で、テレーゼもテーブルに置いていたとある資料を見ていた。

「す、凄いですわね。高ランク魔法スキルの詳細を記す教本なんて、世界中を探しても早々見つからないものですのに……この手書きの資料、それを全属性分書いていますわ。わわ、希少なスクロールの魔法まで……これ、とんでもなく価値があるものなのでは……？」

意外にも普通に驚いていた。価値が分かる女、テレーゼ・バッテン。普通に勉強し始める。そして、無表情を貫くウィーレルはというと――

（闇魔法……水魔法ほど綺麗ではないけど、格好良いかも……片翼の翼、とか……）

ウィーレル・ヨシュア、14歳。そういったものに憧れるお年頃である。

時刻は夜、アーデルハイトとタザルニアの国境砦にて。アーデルハイト側の指揮官ジャネットと、タザルニア側の指揮官ライズは同じ部屋で顔を合わせ、とある人物達の到着を待っていた。もちろん、その人物達とは勇者パーティの面々の事である。

「アーデルハイトの勇者、でしたか。いやはや、こんなにも早くにそのような方々が応援に来てくださるとは、貴国にはいくら感謝してもし切れません。ジャネット殿、ありがとうございます」

「いえいえ！　私の力ではありませんし、どうか頭を上げてください。王城のヨーゼフ魔導宰相が素早く動いてくださったお蔭ですよ。それにしても、本日中に到着するとの連絡を受けた時は、私も思わず驚いてしまいましたよ。以前、ネル団長とデリス殿がいらっしゃった遠征でも、片道3日は掛かった筈なのですが……」

「あの時は馬車で御出でになられたんでしたか。ネル団長は馬よりも速く地を駆けると聞きますし、その勇者の方々も駆けて来るのかもしれませんな！」

「ハッハッハ、ネル団長なら否定できませんな！　しかし実のところ、私もどのような方がいらっしゃるのか、まだ把握していないのです」

「連合の結成に合わせての準備でしょうからな。国の端にいる我々に連絡が来るのは大抵後になってから、もしくはこのような機会がない限りありませんから。恥ずかしながら、私もまだ自国の勇者様の顔を拝見した事がありません」

魔王の登場、連合の結成に際して各国が任命する事にした勇者達。ウィーレルが勇者となったように、同時期にタザルニアにも勇者が誕生していた。勇者は魔王軍の侵攻が激しい最前線に派遣されて今も戦っている為、タザルニア国内において海沿いから最も遠いこの場所では、残念ながら顔も知られていないのだ。

「どちらも境遇は似たようなものですね。ただ、ヨーゼフ魔導宰相からは手厚く歓迎するようにと連絡を受けていまして、あのように部下達も落ち着かない様子なんです。この砦で1泊して、食事も我々一般兵士と共にとるとの事で、準備に追われていますよ」

「ああ、道理で。しかし、勇者様とはどういった方なんでしょうな？」

「どうでしょうなぁ。宰相は褒め称えるばかりで、肝心な容姿を言っていませんでしたからなぁ。全く、困ったものです。おっと……今の愚痴は聞かなかった事にしておいてください」

その言葉に苦笑する両者。悩みは共通するところが多いようだ。

「私の想像力ではなかなか思い描けませんよ。ただ、あのヨーゼフ魔導宰相が褒めちぎっていましたので、余程できた方なんだと思います。こう、英雄の理想像を体現したようなな？」

「ハッハッハ、なるほどなるほど。それはお会いするのが楽しみだ。私の理想像だと、屈強な戦士といったところですかな！」

ジャネットとライズはお互いが理想とする英雄を語り、これからやってくる勇者に思いを巡らせる。その間にも廊下では兵士達が忙しなく足音を立てており、それがまた彼らの苦笑を誘うのであった。

……が、どうも様子がおかしい。足音が、少しばかり大き過ぎるのだ。2人が何事かと顔を見合わせたのも束の間、部屋の扉が乱暴に開かれる。

「し、失礼致しますっ！　ジャネット指揮官、大変です！」

「何事だ？」

「そ、それが、東より2頭の地竜に引かれた竜車が走って来ているのです！　屋上より単眼鏡で確認したところ、地竜を操っているのはゴブリン！　以前現れた、ゴブリン軍の生き残りかもしれません！」

「「な、何ぃ!?」」

竜を操作するゴブリン、そんなものは見た事も聞いた事もない。だが、それが事実だとすれば大変な事態になる。成竜以上にまで成長した竜はレベルが高く、一般の兵士ではどんなに束になろうと勝てる相手ではない。ジャネット、ライズは事実確認の為に砦の屋上へと駆け出した。指揮官全力疾走、お付きの部下達も全力疾走である。

「はぁ、はぁ……あの砂塵が舞っている場所か。どれ、単眼鏡を」

「は、どうぞ！」

久方ぶりのダッシュで息も絶え絶えのジャネットは、深呼吸をしながら単眼鏡を受け取り、激しい足音を駆け鳴らす原因に視線を向ける。最初の印象はでかいだった。

「こいつは確実に成竜だな。ライズ殿、あれがどれくらいのレベルか、予想できますか？」

「……竜はモンスターの中でも有名どころですからな。無学な私でも多少は知っていますとも。幼竜や子竜とされるレベル1、2を飛び越えて、レベル3が亜竜、レベル4が若い竜――そして、あいつらはあのサイズです。仰る通り、レベル5の成竜以上はあるでしょうな……！」

「レ、レベル、5……！」

彼の部下達が、あまりのレベルの高さに動揺の声を上げ始める。彼らが個々に対応できるのはレベル3のモンスターまで、隊列を組んで策を講じ、集団で1体を倒すにしても精々レベル4が限界。レベル5ともなれば、騎士団の精鋭達の助力が必要となる。ここ最近は悠那達がちぎっては投げ、ちぎっては投げを繰り返すので勘違いされがちであるが、レベル5とはそれほどまでに強力なモンスターなのだ。序盤に登場した灰コボルトボスがレベル4と考えれば、その強さが実感できるだろう。

「ど、どうしますか、ジャネット指揮官!?　応援を要請して――」

「今から要請して、間に合う筈がないだろう。もう3分と掛からずに、この砦にぶつかるんだぞ？　まずは門前に、いや、ちょっと待て。あの竜車に描かれているのは……アーデルハイトの国章か？」

駆ける地竜と赤いゴブリンに視線を奪われてしまいそうになるが、ジャネットは冷静に竜車を注視した。やはりと言うべきか、竜車にはアーデルハイトの国章が描かれている。

よくよく見れば竜を操るゴブリンが着ている衣服も、アーデルハイトのものであると確認できる。いやいや、それよりもあのゴブリン、どこかで見た事があるような——

「——警戒を解除しろ。私達がするべきは警戒ではなく、その逆の歓迎だ」

「「……はい？」」

自分達の部下だけでなく、ライズの部下にまで疑問を呈されるジャネット。しかし、彼は全てを理解していた。勇者が何で来るのかを聞くべきだったと反省するのと同時に、それも伝えろよと心の中でヨーゼフに愚痴る。

「どうやら、あの竜車は我が国の勇者様が乗るものらしい。ライズ殿、覚えていますか？ネル団長とデリス殿がモンスターの大群を討伐し終わった時、お弟子さんが赤いゴブリンを使役していたでしょう。どうやら、あの中には彼女がいるようです」

「……ああ、なるほど！『黒鉄』のお弟子さんなら、別段驚く事はないですなぁ。よし、我々も歓迎の準備といこう。同盟国の勇者様がいらっしゃるぞ！」

「ど、どういう事ですか、指揮官!?」

ジャネットの言葉にライズは納得したようだが、部下である兵達はまだ理解していないようだった。しかしそんな時、竜車の方向から大きな声が聞こえてくる。

「おーい！」

女の子の声だ。どんな肺活量をしているのか、その声はとても轟くものだったが、紛うことなき可愛らしい女の子の声だった。

「ああいう事だ。ほら、竜車から顔を出して、こちらに手を振っているだろう？」

部下達は単眼鏡を片手に、改めて竜車を覗き込んだ。

「ああっ、あの時のっ！」

「納得したか？　なら、準備に取り掛かれ」

「「ハッ！」」

砦に満たされていた緊張が解かれ、勇者達を歓迎するムードに一転。まずは砦に迎え入れる為の整列を開始し始めるのであった。……ただ、少し気になるところもある。赤いゴブリンの隣に立ち出した、ある人物だ。

「オーホッホ！　オーホッホッホ！」

「指揮官、あの高笑いしている方もご存じなんで？」

「……いや、あの方はちょっと分からん」

――修行33日目、終了。

◇　◇　◇

――修行34日目。

盛大な歓迎から一夜明けて、いよいよタザルニアへと入国する日がやって来た。

「これがタザルニア全土の地図になります。侵攻の激しい西海岸へのルートを記しておきましたので、これを参考にしてください」

「ありがとうございます……」

ウィーレルはライズ指揮官から地図をもらい、今後通るであろう道のりを確認していく。そこには諸国の事情に詳しいテレーゼも加わって、ここで休憩すべきだ、あの領主には挨拶をした方が良いなど、色々とアドバイスをしているようだった。悠那と千奈津はその辺りの詳細はお手上げなので、大人しくマカムとレドンに餌をあげながら待つ事に。

「地竜の主食って果物なんだね」

「一言に竜といっても、進化した先の種族によって大分生態系が変わるみたい。水竜は魚ばかり食べるし、炎竜なら肉食らしいわ」

「グォン！」

手渡しでリンゴを地竜へ食べさせる悠那と千奈津に、周りの兵士達は大丈夫なのかとハラハラと心配しながら見守っていた。手の平にドッグフードを載せて犬に食べさせるような仕草の彼女らだが、その相手は巨大な竜なのだ。兵士達には地竜が凶暴な肉食獣にしか見えず、手をガブリと噛まれでもしないかと、とても不安そうだ。

「お待たせしました……出発しましょう……」

「あ、ちょうど良かったね。マカム達の食事も、今終わったところだよ」

「機嫌も良いみたいだし、昨日よりも速く走れそうだね」

「グゥルルル……」

マカムとレドンはダンダンと地を踏み鳴らし、力が有り余っているとアピールをしているようだった。ただ、砦の指揮官ジャネットとライズはこれに待ったをかける。

「お言葉ですが、勇者様方。村や街の近くにまで到着したら、一度スピードを落とした方が良いかと。何分凄(すさ)まじい足音ですので、住民達が驚いてしまう可能性があります」

実際、一般市民より逞(たくま)しい筈の兵士達は動揺していた。

「そうね。竜車の中はそんなに音がしないから気にならなかったけど、確かに驚かれちゃうかも……」

「外にいるのもゴブオだけですと、警戒されるかもしれませんわね。私も極力ゴブオの隣に立つと致しましょう」

「ご理解くださいまして、感謝致します。それと、これは我が国の入国許可証と私が記した書簡です。大きな街でしたらもう連絡が行き届いていると思いますが、小さな村々にまでは情報が入っていないかもしれません。何かあった際は、これをお見せください」

「ありがとう……」

諸々(もろもろ)を受け取った彼女らは竜車に乗り込み、ゴブ男(お)が出発の合図をした。その横でジャネット、ライズ並びに兵士一同、両耳を塞ぐ。地竜が運ぶ竜車はけたたましい音を鳴らしながら、あっという間に遠ざかって行った。

「な、なかなか芯に響きますな……」

「ええ、あれならモンスターや野盗も滅多には寄り付かないでしょう。しかし、まさか勇者全員が可憐な少女だったとは、意外です」

「私は勇者様が宰相の孫娘だった事が意外でしたよ。全く似ていませんでしたからね」

「それは容姿と性格、どちらの意味でですかな？」

「両方ですなぁ。おっと、これは愚痴ではありませんので！」

そんな話をしている間に、竜車の姿は消えてしまっていた。ただ、音で場所は把握する事ができる。轟音に近い足音と、それに負けじと高笑いが響いていたからだ。

竜車は突き進む。タザルニアの土地は大半が平地で、走行を邪魔するものが殆どない。だから、兎も角突き進む。この移動時間の間にも、魔王軍に襲われる村々は後を絶たない。そう考えれば最短最速で移動するのが最善策だろうという悠那の案に則り、進行方向に一般人でもいない限りは全力で進む。決して勉強時間を短くしようとした訳ではない。タザ

ルニアの人々の事を思えば、心が痛むからである。休憩も必要最小限に止めた。この調子ならば、5日どころか3日と半日もあれば到着できそうだ。

「千奈津ちゃん、またレドン達が何か倒したみたい」

「じゃ、行きますか」

「よろしくお願いします……」

「頑張ってくださいまし！」

稀に進路方向上に現れる不幸なモンスターは、地竜が轢き殺した。素材はその都度に悠那と千奈津が竜車から飛び降りて、轢き逃げされたモンスターから剝ぎ取って回収。終わればその足で疾走する竜車に戻る。とんでもない荒技ではあったが、移動速度を落とす事なく、移動中の運動不足を解消できて、全く無駄がなかった。恐らくは、彼女達の師匠が好みそうな方法でもある。『無駄の排除』及び『突貫』という意味で。

「うわー、あいつら殆ど休憩しないじゃん……ないわー……」

但し、今ばかりは文句を言う者もいた。陰ながら彼女らを追う30半ばの師匠、デリス。その竜車の中で快適に過ごしていたのなら、この移動法を絶賛していただろう。だが今は、久々の長距離走を隠密状態で行っている状態。ネルとは違い、ここ最近の運動不足が祟って全盛期のスタミナは見る影もない。全身に汗をかきながら追い、愚痴に愚痴を重ねていた。

尤も悠那達はそんな事は知らず、ゴブ男は容赦なく地竜を走らせる。時たま悠那と千奈津が素材を取りに逆走してくるので、一時も油断する事は許されない。遅れず、見つからず、けれども休憩は許されず。男、デリス。ここが踏ん張りどころである。

「予定よりも随分と良いペースで進めています……次の休憩予定地は飛ばして、このまま突き進みましょう……」

「了解！　ゴブ男君、そういう事だからガンガン行っちゃって！」

「ゴブ！」

ここに来てのスピードアップ、デリスは愕然とした。速度だけなら何ら問題はない。だが、スタミナは別だ。スタミナだけは駄目なのだ。持久力の勝負となると、おじさんは若者や動物に敵わないのだ。

「ぬおお……こんなところで希少なアイテムを使いたくないぃ……！」

スタミナを全快させる不思議なアイテムは手持ちにある。しかし、それはＨＰを回復させるよりも高価な代物。趣味に金は惜しまないが、微妙なところで貧乏性なデリス。恐らく、最後までそのようなアイテムを抱えるタイプである。まあそういう訳で、自身がやる時に限って嫌う根性という言葉を胸に、頑張るしかないのだ。

「クソ、そろそろお花を摘みに行けよ……！　いや、マジで……！」

もう言葉にも余裕が窺えない。形振り構ってもいられない。こんな姿がヨーゼフやどこかの第六席な大八魔にでも知られれば、一生ネタにされる事請け合いである。

そんな師匠はさて置き、悠那達の旅路は順調そのもの。走る事に特化して育てられた地竜達は、その無尽蔵とも思われる持久力を大いに発揮させて、駆ける、駆ける、駆けるの大好き。目的地である西海岸の戦地に向けて、地竜達は意気揚々と駆け出すのだ。

「グゥア！」

「グゥルル！」

「こなくそぉ……！」

「あれ、今何か聞こえた？」

「マカム達の声じゃない？」

そんな調子で3日が過ぎた頃、悠那達は目的地へと到着した。

——修行36日目、終了。

◇　◇　◇

——修行37日目。

ドガドガと周囲に恐怖を振り撒いていた轟音が止んだ。マカムとレドンが立ち止まったのだ。次いでゴブ男が竜車の戸を叩いて、眠っている悠那達を起こす。

「ゴブ」

「んー、ゴブ男君……？　え、目的地？　着いたの？　んんっ？」

竜車の中は音を気にする事なく、それはもうそのまま寝てしまえるほどに快適なものなのだが、外の匂いだけは普通に通過させてしまう。だから、犬のように匂いに敏感な悠那は逸早く気が付いた。ここがどこなのか、周囲に何があるのかを。

「この匂い――潮の香りだっ！」

眠気が一気に覚めた悠那は、バッと起き上がり竜車から飛び出した。そこはタザルニアの西海岸、その一歩手前、タザルニアの軍勢が魔王軍と交戦する最前線付近である。まだまだ距離はあるが、海はもう視認する事ができる位置だ。

「ゴブゴブ」

「目的地間際だったけど、到着する前に起こそうと思った？　うん、それが正解だね。また兵隊さんを驚かせちゃうかもしれないし」

いつもであれば夜はキチンと野営して、走り続けるような事はしない。だが、目的地への到着が目前であった為か、マカムとレドンがそのまま走り続けてゴールしたいと昨夜に申し出て来たのだ。ゴブ男は睡眠を必要としないし、まあ1人ずつ見張りを立てれば大丈夫かなとそれを承諾。夜の間も走り続け、こうして予定よりも格段に早く到着する事ができたのだ。

……ついでに言えば、後を追うデリスも夜なべして追跡していた。それはもう疲労困憊で、しかし眠る訳にもいかず、やっと地竜達が止まった今になって小休憩に入ったところだ。そろそろ腰にガタがきている。

「ふわ……悠那、おはよう。もうすぐ海辺みたいね」

「ですわー……」

千奈津とテレーゼも起きたようで、竜車から降りて来た。ただ、今は朝の5時。まだまだ眠たいようで、欠伸を漏らしている。

「おはよう、2人とも！　あれ、ウィーちゃんは？」

「まだ寝てるわ。ウィーが見張りをしている間に、寝ちゃったみたい」

「あー、通りで皆一緒に寝てた訳だ」

「考えてみれば、14歳の子に寝ずの番をさせるのは、流石に間違いだったわね」

「ウィーは眠気と朝に弱いですからね。恐らく、暫くは起きて来ないでしょう」

悠那は改めて辺りを見回す。まだ早朝のせいか、戦っているような喧騒は聞こえてこない。これ以上の情報を求めるのなら、先に進む必要があるだろう。

「よし、皆！　朝ご飯にしよう！」

「そうね、お腹空かせて戦場に立つのも嫌だし。テレーゼさん、ゴブ男と一緒にマカム達へ餌をやってくれますか？　私と悠那でちゃちゃっと作っちゃいますので」

「了解しましたわ！」

「千奈津ちゃーん、昨日解体した猪肉まだあったっけ？」

3人は手慣れた様子で朝の支度を始める。一方でデリスは、沢山作ってもらった愛妻弁当（肉オンリー）をパクリ。保管機能付きのカバンに入れておいた、愛する妻の弁当は温かく非常に美味しいのだが、朝にしては実にヘビー。今の状態だと半端なく胃もたれしてしまう。そろそろバランスの良い悠那の食事が恋しい時期に差し掛かり、それでも彼女らの前に出る訳にもいかず……師匠の苦悩は今暫く続くのだ。

「ウィーちゃーん！　そろそろ起きてー、朝だよー！」

戦場の隣で爽やかな朝を迎える悠那達。本日の朝食は猪肉と香草、卵などで仕立てた悠那印のサンドイッチだ。彼女らは戦いの場となる海辺を眺めながら、お手軽な食事を頬張るのであった。

「うまー……」

「うまっ、ですわ！」

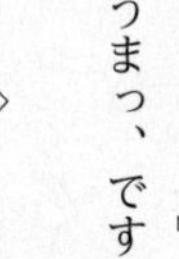

地竜達は駆け出さず、大きな音を出さないよう歩きながら海岸方面へ進む。ゴブ男の隣

には悠那とテレーゼが控えているので、外から見ても魔王軍だとは思われないだろう。そんな配慮の下、竜車はタザルニアの前線基地へと入って行った。

「そこの馬車、いや、竜……!? と、兎に角止まりなさいっ！」

配慮の成果があってか、国境を越えた時ほどは驚かれなかった。が、やはり兵士に呼び止められはする。代表者であるウィーレルは、ライズより受け取った書状とここへの訪問理由を説明。竜車に記された国章とアーデルハイトの勇者を眼前にした兵士は、血相を変えて上官へ報告しに行くのであった。

「お待たせ致しました。確認が取れましたので、どうぞ中へ！」

マカムとレドン、竜車を預けて4人はタザルニア兵の後を追う。前線基地といってもここは砦という訳ではなく、テントや天幕を密集させた簡易施設だ。開けたテントの中では負傷した兵士が寝かされた状態で並んでおり、如何に戦線で激しい戦闘が行われているのかが窺えた。

立ち並ぶ中でも、特に大きなテントへ案内された悠那達。普通であれば入るのに躊躇してしまいそうになるものだが、この面子に臆する者がいる筈もなく、ウィーレルを先頭にずけずけと入って行く。

でかい外見のテントに反して、中にいる者達の人数は3人と少なかった。聞けば全員が指揮官クラスの人間なのだが、今は戦線に出ている者が多く、この拠点に現在滞在する兵士自体が少ないらしい。タザルニアの勇者も同様で、ここにはいないとの事だ。

「アーデルハイトの勇者様が、こんなにも早くに駆け付けてくれた事に感謝致します。しかし、驚きました。全員が女性という点もそうなのですが、まさかここまでお若いとは」

「ヨーゼフ様からお話は伺っております。ただ、我々も万全を期したいところがありまして……」

どうも、指揮官達は悠那達の実力を僅かながらに疑っているらしい。如何にヨーゼフのお墨付きがあろうとも、部下の命をかける戦場に、このような少女達を出して良いものかと逡巡しているようだった。基本的に経験を積むほど強くなるこの世界において、悠那達のような若者が国を代表する勇者になる事は、非常に稀な事なのである。

「不審に思われるのは尤もだと思います。ですが、私はこれでも魔法騎士団の副官であり、ネル・レミュールの弟子です。他も同等の実力を持つ者達ですので、どうか信じて頂けないでしょうか？」

「な、何と！　あのネル騎士団長のお弟子さん、ですと!?」

「まことの事、なんでしょうか……？」

なので、千奈津はここぞとばかりに師の名を使う事とした。このタザルニアの地においても、ネルの名は絶大な効力を発揮する。それは指揮官達の反応を見ても一目瞭然だろう。最大抑止力の名は伊達ではない。

「し、失礼ですが、レベルはいかほどで？」

「アーデルハイトの機密故、あまり詳しくはお話しする事ができないのですが……」

「チナツさん、私のレベルだけなら教えても問題ないでしょう。いえ、私の信条的にも、隠す必要はありませんわ！」

「……（コクリ）」

千奈津は暫く考えて、それならと頷いてみせた。

「よくってよ！　私はこの中で最低を誇るレベル５！　未熟者故このレベルですが、お力添えできるよう尽力致しますわ！」

「「「レベル５っ!?」」」

示し合わせたかのように、驚きによる叫び声が重なった。

「し、しかも最低って……だが、ネル団長の直属の部下ともなれば、それも納得が……」

「神問石を、ああ、いえ……同盟国の勇者様に、そのような事をする必要はないでしょう。不躾な質問をしてしまい、申し訳ありませんでした。早速ですが、現状の説明をしたいと思います。こちらへ――」

◇　◇　◇

前線の指揮官達が卓上の地図を元に説明を行う。地図にはタザルニアの海岸沿いが描かれているのだが、なぜか陸地部分に塗り潰されている箇所があった。

「現在の戦況をご説明します。我が国の西海岸に突如として現れた魔王軍は、海岸沿いに広く陣を取って攻めて来ました。まず襲撃されたのが、近隣の漁村です。夜襲という形で襲われたのですが、不思議な事にモンスター達は襲撃前に警告を行ったそうなのです。これは村々から生き残った女子供達の証言でもあります」

海岸から這い出て来たモンスター達は、村を見つけるなり行き成り襲い出すのではなく、まずは宣戦布告と警告をするのだという。酷いダミ声でギリギリ言葉を理解する事ができるかどうか、という口調だったが、兎も角それらはするんだそうだ。

「1つ、村々を襲撃する時刻を宣言。2つ、抵抗する者は誰であろうと殺すとの明言。3つ、逃げる者は追わず、無抵抗の者は捕虜として扱う事を約束。一定の時刻になれば戦いを止めて海の中へ帰って行きますし、今のところはこれらの通りに行動していると、我々も確認済みです」

「……こう言っては何ですが、モンスターというよりも人間と戦争しているようですね。しかもかなり上等な、規則に厳しい軍隊のような感じでしょうか？」

「ええ、私共もそのように感じておりました。盗賊やならず者に身を落とす人間よりも、余程人間らしく振舞っています。ですが如何に紳士を装おうとも、相手が侵略者である事に変わりはありません。我々タザルニアも全力で押し返せるよう尽力しています」

千奈津と前線指揮官の話を、悠那は黙って聞いていた。ほんの少しだけ、『温いなぁ』とも思ったが、それは口には出さなかった。デリスであれば『馬鹿なのか?』と、顔にまで出してしまいそうなものであるが、ここは悠那が優る点ともいえるだろう。ただ、そう考えた事は事実だ。

タザルニアを侵略したいのであれば、奇襲した後に殺るだけ殺って、前線をドンドン押し進めるべきだったのである。それが奇襲できるタイミングで突然現れるだけ現れて、その場で宣戦布告などという事前通告をしてしまう利点は皆無。それも律儀に戦闘時間を守って撤退していくのだから、まるでルールに縛られた試合の様。戦い方が綺麗過ぎるとしか思えなかった。モンスターであるが故の長所を殺してしまっているし、戦が長引けば疲弊するだけだというのに、全力で制圧しないのが不思議でならない。人間ならば王道とも呼べる戦い方なのだが、彼らはあくまでモンスター。人間社会のルールに縛られる必要なんてないのだ。

「奴らの基本戦術は面での制圧です。一定時刻になると海岸沿いに現れ始め、行進を開始します。奴らの殆どはマーマンと呼ばれる種族なのですが、地の利を得て侵攻してくる為、我が国の勇者様も苦戦されているのが現状でして……」

「地の利、ですか? 海から出て来るなら、逆にこちらが有利になりそうな気がしますけど？」

「それがですね、奴らの中に魔法を扱うのに長けた者がいるようでして、敵が陸に上がった分だけ、海がせり上がって来るのです」

「海が？」

モンスター達は鉄銛を持ったマーマンを先頭にして、徐々に徐々にと陸に上がって来るらしい。ここで起こる現象が実に不可思議で、彼らが進軍する毎に海水が陸へと上がって来るのだという。遠目で見れば何の変哲もない海岸も、現時点で大部分が海の一部となって沈んでしまったとの事だ。更に後列には凶悪なプレッシャーを放つボスらしきモンスターと、近衛兵なのか色違いのマーマンが控えている。

「それは不自然な現象ですわね。海面の上昇なんて、嵐でも起こらない限りはそうそうしないものですけど」

「これは実際に近くで目にすれば分かりやすいのですが、海面が増すというより、海水が上って来ると表現した方が適切です。こう、坂になっていようと関係なく、マーマンが通った道を追い掛けるように、陸の表面を伝って水が上るのです。水があるとないとでは、奴らの強さが段違いでして……この地図の陸地を塗り潰したところは、現在魔王軍の水に満たされている場所に当たります」

「なるほど、それで護りあぐねていると」

「水魔法の応用……大人数の魔法使いが連携しているなら、可能性はある……固有スキルの線もあるけど……」

水魔法のスペシャリスト、ウィーレルから助言をもらい、それが何ら不可解な現象でない事が証明される。だが、厄介な事には変わりない。本来レベル3であったマーマンの全てがワンランク強くなったとなれば、一般の兵士達では対処し切れないのは明白だ。

「勇者様のパーティで突破口を開こうともしているのですが、そうしようとする瞬間に奴らのボスが勇者様の前に現れるのです。我が国の勇者アドバーグはレベル5、仲間の者達も全員がレベル5の猛者達。その4人が束になっても、ここだけの話、ボスとの戦いでは劣勢を強いられています」

「まあ、私とお揃(そろ)いですわね！」

「テレーゼさん……今、そこを強調する必要はないと思います……」

「いいえ、大切な事ですわ！　人と仲良くなるコツは、第一に共通点を見出す事ですから！　これから戦友となる方々です！　まずはこちらから歩み寄りませんとっ！」

「な、なるほど……！」

テレーゼの弁舌に、無表情ながらに心を動かされるウィーレル。そんな彼女らの余裕そうな姿に、指揮官達は困惑気味だ。

「あ、あの、思っていたよりも驚かれないんですね？　我々としては、未(いま)だ打開策を講じられていない立場なのですが……」

「ええと、こういった事は日常茶飯事なので、もう慣れたといいますか……」

日常的に山積みの問題事を自ら肩に背負い込む千奈津は、視線を逸らし何とも言い辛そうだ。だが、彼女の頭の中では既にボスの強さの見通しは立て終わっていた。レベル5が4人揃って劣勢、しかしながら、倒されるまでには至らない。ボスがまだ本気を出していない可能性もあるだろうが、この状況下で勇者を倒さない理由はないと推測。レベル7に近いレベル6、それが千奈津の出した答えだった。

（まあ、師匠の相手やデリスさんの無茶振りに比べれば――）

――楽な部類に入る難易度である。

「それで、私達はどうすれば良いですか？　もうボスを倒しちゃっても？」

「で、できるんですか!?」

「ええ、その程度であれば、恐らくは」

「「「……」」」

二つ返事での快諾。指揮官、絶句。

「げ、現在我が国の勇者アドバーグが、これより先の海岸近くにて兵を束ねて迎撃準備を行っています。貴女方には勇者アドバーグと合流して頂き、御助力頂きたいのですが……」

「承りました……では、行くとしましょう……」

「ですわね！　いくら魔法を使っているとはいえ、畑にまで海水が及んでは大変な事になってしまいます！　それはもう、大変な事になってしまいますわ！」

「頑張ろー！」

「では、ちゃちゃっと行ってきますので」

「い、いってらっしゃい……」

　日々の仕事にでも出掛けるような少女達に、指揮官達は戸惑いながら見送る事しかできなかった。初老の指揮官達と比べても、彼女らの背丈は決して高いものではない。ましてや逞しい訳でもなく、その姿は可憐な少女のそれだ。だが今の彼らには、そんな彼女達の背中が、凄まじく頼りになるものに感じられた。

　タザルニア西海岸。今では海水に浸食され、その大部分が水に浸かる事となってしまった魔王軍との戦場だ。実際に海面が上昇した訳ではないが、その浸水は腰上にまで届き、戦闘に支障をきたしていた。それどころか味方が苦戦を強いられる一方で、敵であるマーマン達は文字通り水を得た魚となる有り様だ。とてもではないが、現戦力では打破できな

い状況。タザルニアの軍勢は今、防戦を続けるか一時撤退をするか、選択を迫られている。

「はぁー、どうっすかなー……」

タザルニアの勇者、アドバーグは自分に充てられたテントの中で悩んでいた。粗末とも豪華とも呼べない、ごく一般的な腰掛け椅子に座り直す事、もう何度目か。気を紛らわそうとしての行為なんだろうが、それらは彼の悩みを解決させるまでには、未だ貢献できていないようだ。

タザルニア領土内の遊牧民出身である彼は、今年で35になるベテランの掃除屋だ。何の掃除か？　もちろん、モンスター専門の掃除屋である。幼い頃より狩りを学び、その技術を磨き続けた彼には幼馴染の仲間が3人いる。物心ついた頃から一緒に狩りをしているのだ。で、そのチームワークは絶妙そのものであり、今でも親友として共にあり続けているのだ。民族の安全を確保する為、或いは冬を越す為の大量の食料を得る為、アドバーグらはこの20年強を戦いに費やした。気が付けば民族の長をはじめとした皆々には守護者と呼ばれ、アドバーグ達であれば倒せない獲物はいない、とまで噂されるようになったのだ。

そんな噂は自民族から他の民族に広まり始め、やがては冒険者ギルドの耳にとまり、稀にモンスターの討伐を依頼されるようになった。決して裕福ではなかった彼らにとって、ギルドの依頼を解決する事で受け取れる報奨金は、正に大金。家族とも呼べる自民族に美味い飯を食わせる為、もっと良い暮らしをさせる為、アドバーグ達は時間を見つけては依頼を受け、これを解決していった。

民族の守護者にして、名うての掃除屋。数年前に長年連れ添った幼馴染とも結婚して、子宝にも恵まれた。アドバーグはこの生活に幸せを感じていたし、自民族の担い手として誇りを持っていた。だからこそ、自らの職務としてモンスターを狩り続けたのだ。

「それがなぁ、何で勇者なんてやってんだろうなぁ……」

民族からギルドへ、ギルドから国へ。名が売れていくにつれて、その流れは自然な事だった。タザルニア国内において、モンスター退治でアドバーグのパーティに並ぶものはいない。そう断言されるようになってから暫く(しばら)して、国のお偉いさんから勇者として認定されてしまった。なぜそうなってしまったのか？　それはもう、アドバーグ達のこれまでの功績がそうさせたんだろう。遊牧する先々で討伐するモンスターの山、逃した獲物は皆無に等しく、その全てを生きていく為の糧としていった。勇者と認定されて皆は喜んでくれたし、妻だってもちろん嬉(うれ)しそうだった。パーティの仲間達はどこか誇らしげで、断れるような空気では既になかったのだ。

少しだけ、方向性が変わってきているなぁとの自覚はしている。民族の為にやっていた事が、いつの間にか国に置き換わっていた。それはそれで光栄な事だし、皆が喜ぶ事に変わりはない。だが、今回の案件はこれまでギルドで受けてきた討伐依頼とは毛色が違って、明らかにアドバーグの手に余るものだ。調子に乗って身の丈に合わない依頼を受け、死んでいった冒険者は多く知っている。知っていたし、それを戒めとして自分を律しようともしていた。

「していたんだけどなぁ……流石に言うタイミング逃してるよなぁ……」

いつの間にか片足を泥沼に突っ込んでいるような、徐々に近寄ってくる危機感がある。

この数日、敵のボスマーマンと何度も刃を交えているのだが、そのどれもがギリギリの戦い。何か1つでも間違えば、命を落としてしまうような、そんな攻防ばかりなのだ。仲間の身を案じるのであれば、この辺りが潮時だろう。しかし、勇者という大儀がそれを許してくれそうにない。

「陸の上ならなぁ……海なんて専門外もいいとこだぜ……」

アドバーグのパーティが得意とするのは、狩りをする形で行われる戦いだ。今回のように多人数対多人数、それも水に浸かっての戦いとなれば、勝手も変わってしまう。泳げない訳ではないが、普段から水中に住まうモンスターと遊牧民では土台が違い過ぎるのだ。

「しかもなぁ……あいつらも馬鹿みたいにやる気だし……」

悩みの種はこれで終わらない。タザルニア王から勇者と拝命されてから、長きを共にしてきた仲間達の士気が、尋常でないほどに上がってしまった事も問題だった。無名から始まったモンスター狩りが、じわりじわりと名声に繋がり、遂には王の耳にまで届くものとなる。大変光栄で、とても名誉な事だろう。だからこそ、アドバーグの仲間達は舞い上がっていた。

『あのマーマン、なかなかやりやがるな。傷が疼くぜ……！』

『だけどよ、手応えはあった。俺達ならきっとやれる！』

『そうだ！　何て言ったって俺達には、勇者として皆を導く義務があるんだからなっ！』

『『『やってやるぜ！』』』

――終始、こんなテンションなのである。アドバーグはこの状態をよーく知っていた。冒険者の間に稀に起こる、雰囲気に流されテンションだけで乗り切ろうとする悪い流れだ。仲間達は勇者の名に酔い、それを持ち上げる者達を喜ばせようとする気持ちが先行してしまって、自らの命がないがしろになっている。いい加減、次の戦闘で死人が出てもおかしくない頃合いだ。

「勇者としての役目を放棄して、逃げるか？　いや、あいつらが乗る訳ねぇし、国を敵に回す事になる……皆にも迷惑を掛けちまうし、やっぱ勝つ方法を考えるのが現実的か……つかよ、ゴンザレスもビッグもジョニーもいい歳なんだから、振舞い方くらい考えろよなぁ……」

ついつい文句の1つも言ってしまう。アドバーグは再び椅子から立ち上がり、また座ったりする動作を繰り返す。過ぎていく時間、近付く出陣の時。一向に苦悩は解消されそうにない。

「アドバーグ様！　勇者様、アドバーグ様！」

げ！　と、心の中で呟く。テントの前に、タザルニアの兵士が立っていたのだ。勇者と呼ばれるのに慣れないアドバーグは、そう連呼されるだけでどうもこそばゆい。

（出発の時間か。くそ、結局何も思い浮かばなかったか……兎に角、死なねぇ事が最優先だ。俺だけでもしっかりしねぇと……）

　アドバーグはガシガシと頭をかいて、分かりやすく悔しさを表す。しかし、兵士はそれどころではないようだった。何やら酷く焦っている。

「大変です！　同盟国アーデルハイトの勇者様が到着されました！　援軍です！」

「……あ？」

　この援軍が吉と出るか凶と出るか、それは今のところ誰にも分からない。

　アーデルハイトの勇者達を出迎えたアドバーグは、仲間達と共に自らのテントへと招いた。戦前に余計な混乱を起こさせないようにとの、彼なりの配慮である。アーデルハイトの勇者達は、自分達と同じ４人パーティで構成されていた。だが驚く事に、その全てが自分達の半分ほどの年齢もなさそうな、華奢な少女達。本当にあの凶悪なモンスターと戦え

るのか、アドバーグ一同は少し不安そうだ。

「——という経緯がありまして、私達はヨーゼフ魔導宰相指示の下、同盟国であるタザルニアの助勢をする為に駆け付けたのです。先ほど前線基地の指揮官方にもお会いして、その許可を頂きました。魔王軍との戦いには、此度から私達も参戦致します」

すっかり交渉役となった千奈津が、簡潔に分かりやすく事の経緯を説明していく。その話は筋が通っており、両国の正式な認可も出ている事が直ぐに理解できた。アドバーグは無意識に格下と見てしまっていた事を恥じ、悠那達への認識を改める。

（すげぇ稀にだけど、いるんだよなぁ。十年に一度の天才って奴が。こんなに若いのに、全員かなり修羅場を潜ってやがる……まあ、そんな天才達が一国に固まるなとも言いてぇけどよ。あのネル・レミュールのいる国だ、多少は目を瞑んねぇと）

長年戦いに身を置いた経験から、アドバーグは直感的に相手の強さを知る事ができる。その直感に頼った結果、大まかにではあるが強い事が分かった。少なくとも、足手まといになるような実力ではない。この相手を見定める能力は他のメンバー達も持っている筈なのだが、彼らはアドバーグと反応が違うようだった。

「大体は分かった、分かったけどよ……君らのような女の子を、こんな血生臭い戦場に出す訳にはいかないいな」

「ああ、前線指揮官殿の立場は難しいものなんだ。だが、ここは本当の最前線。冗談を軽々しく言える場所じゃないんだ」

「気持ちだけは受け取っておこう。ありがとう……！」

「「「……？」」」

よく分からないまま断られ、終いには目頭を押さえた状態で礼を言われてしまった。悠那達は頭上に大きな疑問符を浮かべている。

（お前ら、お前らなぁ！　ついこの間まで、酒場の姉ちゃんを引っ掛けていたような奴らが、何勇者っぽい面してんだよ！　自前の感覚をもっと信じてやれよ！）

と、アドバーグは声を大にして言いたかったが、立場上何とか止めた。

「ま、まあまあ、少し落ち着こうや！　何分戦闘前の急な話だったもんで、こいつらも気が動転していたんだ。今の発言はなかった事にしてくれ」

「何言ってんだ、勇者アドバーグ。俺達はいつだって、マジだぜ？」

「そうだぜ、勇者アドバーグ。勇者ジョニーの言う通りだ」

「ははっ、勇者アドバーグ。そいつは戦闘前の武者震いか？　体が震えているぜ？」

なぜに名前の前にいちいち勇者を付けるのか。知らぬ間に成立していた独自ルールにアドバーグはついて行けず、軽く頭痛を感じてしまう。そんな中、ウィーレルは外の様子を気にするように、テントの窓からジッと太陽の高さを確認している。

「あの、あなた方の言っている事はよく分かりませんが……そろそろ時間なので、戦いの準備に取り掛かりたいと思います……」

「ですわね！　海岸はとても広大、一体どこから現れるものなのやら！　それ故に、準備は大切ですわ！」

「2人とも、準備運動を忘れずにね！　鍛錬はウォームアップから始まって、クールダウンで終わるものだよっ！」

「——という訳で、我々は準備に取り掛かりたいと思います。人手は必要ありませんし、最前線に置かせて頂くだけで結構ですので」

時間がないとばかりに、4人は一斉に立ち上がって外に出ようとする。

「お、おい！　最前線つったって、一体どうするつもりなんだ？」

アドバーグが、一番最後にテントから出て行くところだった千奈津(ちなつ)を呼び止める。

「火遊びが好きな困った娘達だぜ」

「全くだ、俺達が護(まも)ってやらねぇとな」

「勇者ジョニー、勇者ゴンザレス、この勇者ビッグが手を貸すぜ？」

仲間達がそんな会話をしているが、今はそれどころではなかった。

「どうするって、攻めて来る敵を殲滅(せんめつ)すれば良いんですよね？　実力を示す良い機会ですし、有言実行しようかと」

「なん、だと……？」

できて当然といった表情で言い放たれた、千奈津の言葉。勇者という伝説を背負わされながらも、あくまで現実の世界で生きるアドバーグは、凄まじい衝撃を受けていた。

「さ、俺達も行くとしますか」

「ああ。あの娘らが最前線に行くのなら、俺達がいるべき場所もまた然り、だ」

「今日を魔王軍の命日にしてやろうぜ。俺達は昨日の俺達を既に超えている」

……ある意味で、勇者であろうとするこの3人も、大したものなのかもしれない。

海岸沿いに移動する悠那達。最早魔王軍の襲来までそう時間もない今、彼女らは早速準備に取り掛かるのであった。やるとすれば、まずはこれだろう。

「いっちにっ！」

「さんしっ、で・す・わっ！」

「い、いち……にっ……」

準備運動という、怪我を予防し最大パフォーマンスを促進してくれる、鍛錬前の大切な儀式。悠那にとっては、これから私はやるんだぞ！　と、肉体に意識させる開始の合図でもある。

「できるだけ海岸に近づかないでください。結構な規模で一気に叩きますから、付近にいると危ないので」

「し、しかし、アーデルハイトの勇者様を孤立させる訳には……」

「心遣い、ありがとうございます。ですが余計な犠牲を出さない為にも、これが最善の策なんです」

一方の千奈津は、最前線の現場指揮官と交渉をしていた。いつも屈強な騎士団の者達や、イライラする度に小動物がその場で気絶、或いはショック死する殺気を撒き散らすネルの相手をしているので、その態度は堂々としていて、とても凛々しい。自分の親ほどの年齢であろう指揮官を相手に、一歩も退く様子がなかった。千奈津の姿を目にすれば、年の若さなんて関係なく、立派な騎士団の副団長であると誰もが認めるだろう。

「準備運動、終わりー！　さ、準備万端、いつでも行けるね！」

戦準備の第一段階を終えた悠那達。悠那とテレーゼはやる気に満ちた様子だが、ウィーレルは既に息を切らして疲れ切っていた。

「ぜぇ、ぜぇ……ハ、ハードだった……」

「そうでしたか？　ウィー、貴女は少し運動不足気味ですわね。魔法の勉強ばかりではなく、しっかりと普段から体も動かしませんと」

「杖と水泳の練習なら、定期的にやってます、けど……人間の体は、あそこまで曲がるようにできていない……」

体操選手の如く驚異的な柔軟さを持つ悠那と、意外とそんな悠那について行けるテレーゼの準備運動に、ウィーレルはコテンパンにされてしまったようだ。体の関節の節々が悲鳴を上げている。

「……な、なあ、急いでいた割には妙に余裕がありそうだが、まだ準備とやらには取り掛からなくて良いのか？」

そんな彼女らの出方を背後で静観していたアドバーグが、時間を気にしながら声を掛けた。西海岸に出てから、悠那達が行ったのは兵士達を後方へ下がらせる事。そして、かなりきつめで入念な準備運動くらいなものだ。まずは協力してみようと兵士達に指示を促すアドバーグも、不安がない訳ではないのだ。

「アドバーグさん、何を言っているんですか！　準備運動だって、立派な地盤作りなんですよ！　準備運動を怠ったばかりに、一生残る傷を負ってしまう人は数知れず。そうでなくても、鍛錬中に負ってしまった小さな怪我が、後の戦闘に支障をきたす事もあるんです！　面倒だからといって怠るのは厳禁、駄目絶対！」

「あ、はい……」

熱く語る悠那に諭され、自然と謝罪の言葉を出してしまうアドバーグ。どことなく自分と同じ空気を感じていた千奈津は、心の中でアドバーグにエールを送っておいた。

――そして、決戦の時間が差し迫る。

◇　◇　◇

さあ、今朝も約束の時間がやって来た。タザルニアの者達はいつものように並び、我らに領土を割譲してくれる事だろう。勇者とかいう、人間にしては腕の立つ者達も現れはしたが、所詮は人間である。この海魔四天王が1人、グレイトマーマンのグストゥスの力には遠く及ばない。

「ギギッ、グストゥス様、グストゥス様。陸、見エタ。陸、見エタ！」

「全速前進！　皆の者、分かっているな？　逆らう者には誅伐を、逃げる者には勝鬨を、投降する者には慈悲を与えてやるのだっ！　我らは偉大なる王、フンド・リンド様の忠実なる僕！　王の意思を汲み、実行する者ぞっ！」

「「「ギギッ！」」」

我らは水中を縦横無尽に泳ぎ、グングンと敵の待つ戦場へと向かう。陣形は既に組み終わり、上陸と同時に前へと進軍できる手筈となっている。マーマンを主とする兵が、背後の魔法使いの職を持つ術者の支援を受けながら突き進む。水魔法に特化した我らが部隊は、水と共に進撃し、水と共に駆逐するのが信条だ。如何に水辺から離れようとも、我らは環境さえも支配するのだ。

「見えた、聞こえた！」

グレイトマーマンである我の五感は、他の者達のそれを軽く凌駕する。遊泳している最中だろうと、ここまで来れば陸の上の様子が手に取るように分かるのだ。我の目は陸上にてタザルニアの兵達が並ぶ様を、その者らが口にする声さえも逃さぬ。

本陣は昨日よりも後方に構築している。連日の敗戦が祟って思考が護りに寄ったか？　そこよりもかなり前の方には、タザルニアの勇者達……と、見覚えのない少女達の姿。我らの精神を逆手に取って、無抵抗の民達を盾にしている？　いや、あの勇者達はそのような悪漢ではなかった。では、一体──

「ヴァールヴァール……」

「アドヴァール！」

ふと、その少女達がそんな言葉を口にした。魔法の詠唱のようだが、まだ我らとは相当の距離がある。やはり、護りを固める類のものだろうか。我は高速で前に進みながら、思考を巡らせる。

「ギッ……？　暗い？」

「夜ッ、夜ッ？」

「何だ？」

ついさっきまで雲ひとつなく、見事なまでの快晴だった空から急に光がなくなった。それは本当に唐突な事で、我らはつい突き進む足を止めてしまった。

「上ッ、上ダッ！」

「ウオオオア!?」

「――っ!?」

一瞬、息を呑んだ。空に、巨大な鯨がいたのだ。巨体を誇る我でさえも比較にならず、まるで島のようなサイズ。よくよく見れば、この鯨が水で形成されている事が分かる。しかも、少し濁っているような……？　いや、今はそれどころではない。あれが落ちてくれば、我らの部隊は甚大な被害を被る事となる。

「部隊長は部下を率いて、可能な限り深く潜りながら進め！　あまり纏まり過ぎるなよっ！」

「ギッ！　グストゥス様ハ!?」

「衝撃を減らす」

「ギギッ!?　……ゴ武運ヲ！」

構わず、部下達を先行させる。これを止められるのは、我の他にはいないだろう。ならば、自ずと取る行動は決まる。予想通り、鯨は落下を開始した。高いところからでも巨大だったものが、下へと加速する毎に更に大きく感じられた。我は愛槍を真上に向けて構え、覚悟を決める。

「ヌウオオオウ――――！」

三叉槍を高速で回転させながら対象を貫く、我の必殺の技を渾身の力で穿つ。水鯨の腹を裂き、その内部で竜巻を引き起こすようにズタズタに。上へと向かう技の威力は重力に抗い、落下の衝撃を殺し切れずとも緩和させる。問題なのは、水面の上で無防備にもそれを受けてしまう我なのだが――

「――この程度であれば、何の支障も、む……？」

僅かに違和感を感じる。この水鯨、腹の中に何か異物を飼っている？　鯨の外皮は比較的水質が綺麗なのに対して、中心である腹の中は酷く水が濁っているのだ。これは、一番最初に我が疑問に思った事とも繋がる。その内に引き起こす竜巻から何かが散って、我の頬に触れた。

「これは、泥か？」

頬に付着したものを拭うと、水に溶けながらもドロリとした質感を残したそれが、泥の感触だと分かった。鯨の腹の中から、泥が発生している事が判明した。が、それが何だというのだ？

「ぬっ……！」

遅れて、頬と拭った腕から焼けるような痛みが走る。痛みはダメージとなって体力を削り、鯨を四散させればさせるほどに、泥は周囲へと舞っていく。

「狙いは、こっちか……！」

巨大な鯨に隠された、毒をもたらす泥水。水に溶けた泥水がこの一帯に降り注げば、たとえ鯨の圧殺から逃れたとしても、水中にいる我らに逃げ場はない。あの水鯨だけでも大魔法と呼ぶに値するものだったというのに、罠をも仕掛けていたとは……狡猾な人間め！

しかし、部下達は先行させている。被害は最小限に止め、先陣を切るものがそろそろ陸上へと攻め入る頃だろう。

「オーホッホ！　オーホッホッホッホ！」

我の耳は、再び変な音を拾ってしまった。何やら、戦場には似つかわしくない女の高笑いのように聞こえる。やたらと目立つ笑い声だが、そんなものがこの戦場にある筈が――

「さあさあ、私、テレーゼ・バッテンはここですわよ！　我こそはという強者は、真っ向からいらっしゃいな！　私が、正面から防ぎ切ってくれましょう！」

「ギギッ！　名乗リヲアゲルトハ、潔イッ！」

「待テ、俺、イク！」

「イヤ、俺ガッ！」

――いた。海岸で盾を構えて、嫌でも視界に入る位置に立ち塞がる、金髪縦ロールの女が。正々堂々の精神を叩き込んだ部下達は、彼女の名乗りに呼応してか、次々にそこへと殺到している。いや、それにしたっておかしな事態だ。いくらそう教えたからといって、ああも簡単に敵の思惑にのって突っ込む筈がない。何かしらの精神に影響を及ぼす結界が施されているのか？　くそ、ここからでは分からんな。

「グッ、ギギッ……!?」

「イ、痛イッ！」

皆がそこに群がるうちに、列の後方に毒が及び始めていた。我が鯨を抑えるのも、そろそろ限界か。一度、毒のダメージ覚悟で水中へ逃れ、戦線へ。我でさえも皮膚に痛みを感じる。やはり、水中は毒で満たされていた。あの鯨のサイズからして、かなり広範囲にまで毒は及んでいるだろう。

「――っ！」

一直線に陸へと向かう途中、貫かれるような視線を感じ、水面へと飛び出す。我が向かおうとしていた先には、1人の少女が立っていた。不思議な事に、我と同様に水面の上に。

「……先ほどまで、陸の上にいた少女達の1人か」

「あ、見えていたんですか？　でも、挨拶するのは初めてですよね。私は桂城(かつらぎ)悠那(はるな)っています。よろしくお願いします！」

「人間にしては礼儀正しい者だな。我の名は海魔四天王の1人、グレイトマーマンのグストゥスだ」

「わあ、四天王って格好良いですね！　憧れますっ！」

なるほど、なかなか見所のある者のようだ。センスが良い。彼女の瞳には裏がなく、純粋に言葉通りの事を思っている。先ほどの縦ロール同様、しっかりと名乗りをあげる辺り、好感も持てる。……だが。

「ハルナと言ったか。恐らく貴殿は、我との戦いを望んでそこに立っているのだろう。それは我も望むところだ。だがな、その前に一言言っておきたい事がある」

「何でしょうか？」

「うむ、それはだな――」

大きく息を吸い込み、肺を空気で満たしていく。そして、一気にそれらを解き放つのだ。我の想いを乗せて。

「――海を汚すなっ！」

海岸の敵モンスターとぶつかる最前線では、テレーゼが軍勢の攻撃を一身に受けて止めていた。携える杖塞コウアレスは以前の形態よりもより強靭な姿になっており、いくらマーマン達が壊そうとしても、傷ひとつ付けられない。最早盾を構えているというよりは、

ミニサイズの城塞を築いているに近い。

「なかなか良い攻撃ですわ！　ですが、負けませんわよっ！」

「ヌヌヌッ！　何トイウ鉄壁！」

「ギギッ、突ケ、突ケッ！」

テレーゼは自身の固有スキル『花形の美声』を使い、モンスター達の注目を集めていた。彼女の声を聞いた者は彼女を意識するようになり、視線や思考などが無意識のうちにそちらへと向いてしまうのだ。特にこのスキルは生真面目であったり、ある種の耐性がない者、逆に雰囲気に流されやすい者でも影響を受けやすい。今回の場合、マーマンの軍団は見事にテレーゼの術中に嵌り、そこへ殺到してしまっていた。

「あら、そろそろ次の水が来ますわね！　バレント！」

マーマンが殺到する度に、テレーゼが盾を構える場所には水が流れ込む。前情報通り、これは後陣に控えるマーマンの術者による支援なのだが、テレーゼはこの水さえも利用していた。

マーマン側からは見えないが、彼女の盾の裏には植物の根がびっしりとコウアレスに根差していた。水がテレーゼへと迫るなり、それらは一斉に水面へと根っ子を伸ばし、水を吸い上げる。スクロールによって会得する土魔法レベル30の『バレント』は、この根っ子を生成する魔法だ。吸い上げた水は根差した土への養分に変換され、本来であれば休眠期間中の畑に使用される農耕魔法である。しかしテレーゼの場合、これを愛杖のコウアレスに付与する事で、盾の耐久値の底上げに利用。現状、マーマン達の攻撃では全く傷ついていないコウアレスであるが、万が一に破損したとしても、このバレントの根が盾の修復までしてくれるのだ。

尤も、これは普通の植物の育成に使用する水でなければならない。塩生植物でないバレントの根に、海水を与えるのは以ての外だ。では、テレーゼはなぜその海水を利用して、コウアレスの補強に成功しているのか？　その答えは、テレーゼの後方に控えるウィーレルが握っている。

「アクアブレス……」

水魔法レベル10で会得する、初歩の魔法に分類されるであろう『アクアブレス』。この魔法は対象の水を綺麗な飲み水に変化させるもので、サバイバルなどで重宝される。その性質上、土魔法とも相性が良い訳であるが、今回のケースも例に漏れず、この魔法を使用していたのだ。ただ、その効果範囲だけは尋常ではなく、やろうと思えば海岸沿いの海水、その全てをテレーゼの利用可能な状態とする事ができる。今回は諸事情があって、テレーゼの周囲のみだ。

「補給完了ですわ！　ウィーレ、お願いしますわ！」

「了解……」

根が十分に水分を補給し終わると、テレーゼがウィーレルに合図を送る。流石(さすが)に地表を覆うほどの水全てを吸収する事はできないので、不要な分を押し戻す必要があるからだ。

「アクアワルツ……」

ウィーレルが呪文を呟(つぶや)くと、マーマンの軍勢によって押し寄せて来た波が、巻き戻るかの如(ごと)く海へと戻って行った。

「ギギャー！」

「ギギッ、ギギッ!?」

それに伴い、テレーゼに向かおうとしていたマーマン達も何体か押し戻され、陣形が更に瓦解。今や部隊長やその部下達がどこにいるのか、把握できている者は限られていた。

先ほどウィーレルが唱えた魔法は水魔法レベル50『アクアワルツ』。マーマンの術者達が使用していた魔法と同様のもので、周囲に存在する既存の水を操作する事ができる魔法だ。但し、これも例の如く効果範囲と強制力が半端ではなく、ウィーレルが使用すれば平穏な海辺にもビッグウェーブが巻き起こる。

「「「……」」」

そして、眼前でこの光景を目にしたタザルニアの勇者達は、目を点にしながら固まっていた。昨日まで悪戦苦闘していたマーマンの軍勢を相手に、赤子の手をひねるかのように防衛を行っている。しかも勇者達が最も苦戦していたマーマンのボスは、一向に現れる気配がない。詰まりそれは、ボスがついさっき海の上を走って行った悠那を突破できないでいるという事だ。

「さ、これで5度目ですわね。ハルナさんがあちらへ到着して、お客様方も良い感じに毒で弱ってきたところですし、防衛から次の段階に切り替えましょうか！」

テレーゼとウィーレルの役割の第一段階は、タザルニアの兵士達に被害が出ないよう、マーマン達の足止めをする事。そして、昨日までに奪われたタザルニアの領土を取り戻す事だ。

テレーゼを先頭に立たせ、敵をそこに集中させる。敵が群がったところでウィーレルが海へ押し返し、水が排除されたらテレーゼが更に前進。これを何度も繰り返す事で、昨日まで水で覆われ続けていた領土を取り戻しつつ、毒が混じった海水を攪拌（かくはん）して、敵に毒のダメージを蓄積させるという寸法だ。

「ギ、ギィ……」

「気持チ、悪イ……」

実際、マーマン達は何度も毒の荒波に揉（も）まれて弱っていた。彼らのフィールドはいつしか敵のホームと変わり果て、今もマーマン達の体を蝕（むしば）んでいる。さて、次に行うは第二段階――

「そうですね、いい頃合いです……チナツさんの策は素晴らしい……では、スラグドラウ……」

――殲滅である。ウィーレルが新たに生成した水蛞蝓は、波に押し戻され尚も足掻こうとしているマーマン達に顔を向ける。ちょこんと蛞蝓の頭に乗ったウィーレルの小ささの対比から、アドバーグ達は開いた口が塞がらなかった。

「スゥ――」

水蛞蝓が大きく空気を吸い込んで、膨らみ出す。

「お、おいおい、爆発とかしないよな……？」

「そ、それはナンセンスだね、勇者アドバーグ。勇者たる者、自爆覚悟の特攻は美しくないと思うよ。……思うんだけどな～、違うと良いな～」

タザルニアの勇者達は分かりやすく怯えている。魔法とはあまり縁のない遊牧民として生きてきた為か、ウィーレルの魔法は得体の知れないものとして映っているらしい。

「安心なさって！　アドバーグ様達がご心配なさっている自爆なんて、決して致しませんから！」

「そ、そうだよな。安心したぜ……」

「はい、爆発するのは別のものですもの！」

「「「え？」」」

4人の声がちょうど重なった瞬間、水蛞蝓の口からシャボン玉が連続で放出される。

「――フォー！」

前方の広範囲に放たれた大型のシャボン玉。進路を遮るように立ち塞がるそれらに、一心不乱にテレーゼへと向かうマーマン達は特に不思議に思う事なく、鉄銛で一突きにしてしまった。

「――っ！？？？？」

マーマンの集団の間で起こる大爆発。衝撃が衝撃を呼んで、次々とシャボン玉が割られていく。ダイレクトに大音量の爆発音と衝撃を浴びてしまったマーマン達は、これに抗う事ができずに倒れていく。比較的後方に控えるマーマンの術者達も、こうも大きな爆発音を鳴らされては詠唱に集中できないようで、ろくに支援もできずにいるようだ。

「お疲れ様でした……これで大方、殲滅できたと思います……」

「ですわね！」

海上にはプカプカとマーマン達が浮かんでいる。ついでにタザルニアの勇者達も頭を押さえて苦しんでいた。

「ま、待ってくれ、まだ奴らの後方に、変な術を使う色違いのマーマンが……」

「そちらも大丈夫です……ハルナさんと同様に、水上の歩行を可能にする『ウォーク』の魔法を施したチナツさんが、そろそろ倒し終える頃だと思いますので……」

「実質、後はボスだけですわね！　部隊としては、もう機能していませんわっ！」

「マジ、か……これが、アーデルハイトの勇者……！」

アドバーグが敵から取り戻した海岸に目を移すと、色違いのマーマンが流れ着いていた。

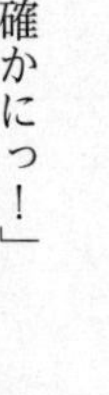

「確かにっ！」
グストゥス魂の叫びに、ハルは正論であると認める。おいおい、認めちゃうのかよと、俺は朝飯の続きを口に運びながら眺めていた。あいつら、サンドイッチ食べてさっさと移動しちゃったからな。肉に肉を重ねたボリューム弁当をまだ食べ切っていなかった俺は、こうして隠れながら再び食べ始めている訳だ。大の男が何言ってんだよって？　こんな朝っぱらから、ハルみたいに早食いなんてできるかよ。ただ、よっぽどの事がない限りは、お残ししないのが俺の信条である。おかずは肉ばかりだが、どれも妙に凝ってるから残す訳にはいかんのだ。
「でも大丈夫ですよ。この戦いが終われば、千奈津(ちなつ)ちゃんが海を浄化しますので」
「あの大規模にばら撒(ま)いた毒をか？　海とは常に流れが生じているもの。貴殿らが汚染した海は、だからといって海流を止める事はない。今も病魔は蔓延(まんえん)しているのだぞ。それはあまりに高慢な話ではないか？」

「それについてもご安心を。その辺りも考えていますので」

「むっ……！」

おっと、マーマンの術者達を倒した千奈津のご登場だ。会話から察するに、今までの攻撃は千奈津の考えた策だったのかね？　まあ、なら大丈夫だろう。敬虔なるチナツチャンである俺は、千奈津神を信じておりますよ。

「貴方達がこの領海に侵入した時点で、この辺り一帯を水の壁で遮断しました。毒もその壁を通り抜ける事ができませんので、毒の解除も十分に可能です。この辺りに住まう水生生物達は死なす事になってしまいますが、回収した後に解毒して糧食に充てます。命の恵みにしっかりと感謝した後に、大切に頂きますので」

「……そうか、貴殿がこの策を講じた軍師殿か。なるほど、なるほど」

クッ、美味いんだが、やはり胃がもたれるな……どこかに野菜、野菜はないのか？　俺は緑黄色野菜を欲している！

「最早この戦い、我らに勝利の2文字はないだろう。能力の差に驕り、環境に甘え、貴殿らを侮った報いである。だが、我は部隊を任された将だ。1対2であろうと、退く訳にはいかぬ。せめて、貴殿らの首をあげるとしよう！」

おお、あった、あったぞ！　肉の山の中に、アスパラの肉巻きが！　こっちにはピーマンの肉詰めを発見！　これで口の中が潤うぞ！　……って、潤うかっ！

「駄目ですよ。千奈津ちゃんはさっき戦ってきたんです！　グストゥスさんは私と戦ってもらわないと、とっても不公平です！」

「ふっ、あくまで真剣勝負を望むか。その意気や良し！」

「そう言うと思った……悠那、私が周りに被害が出ないように護りを施しておくから、全力でやって大丈夫よ」

「ありがと！」

　千奈津が戦線から離脱していく。この間に、海の解毒と結界を構築するんだろう。ついでに俺の口の中もスッキリさせてほしい。あ、自分でやれば良いか。

「海魔四天王グストゥス、参るっ！」

「桂城悠那、いきますっ！」

　ふぃー、スッキリ。フハハ、覚悟しろよ肉の山！　これより俺の食事速度は段違いにアップするぞ！　だけどその前に、水を一口と——うわ、空だ。もうねぇ……

「三叉槍スパウト！」

「ドッガン杖！」

　俺がショックを受けていると、彼方からガンガンと金属を打ち合う音が聞こえてきた。ハルと何とか四天王が戦い始めたようだ。水の上で激しく得物をぶつけ合っている。ハルが水上に立っているのは、ウィーレルの『ウォーク』のお蔭か。ボスマーマンの方は白鳥が水面下で激しく足をバタつかせるように、尾を器用に使って体勢を維持しているようだ。

うーん、どう考えたって、この場面で席を外す訳にはいかないよなぁ。ちょっとトイレ休憩、なんてノリにならないものだろうか？

「フウ、ハアッ！」

「ほっ、はっ！」

……なりそうにないなぁ。しかも、ハルとボスマーマンの実力は拮抗しているように見える。ボスマーマンはドッガン杖の一撃をしっかりと受けているし、ハルは回転する三叉槍を見切った上でいなしている。スキルを満遍なく成長させた、レベル6同士の戦い。そんなところだろう。うーん、その辺にマーマンの死体でもあれば、ゾンビ化させて飲み水を汲んで来させるんだけどな。あ、それだと魔王軍の生き残りと勘違いされちゃうか？

「やるなっ！」

「こちらの台詞ですっ！」

数回刃を交えた後、距離を置く2人。どうやら様子見の前哨戦は終わったようで、ここからが本番らしい。一層の事、俺も姿を現して千奈津神にお願いしちゃう？　……いやいや。ああ見送った手前、そんな事はできない。師匠のプライドが許さない。

「ふっ！」

「ぬう、水滴がっ!?」

ハルが足下から掬った海水を、思いっ切りボスマーマンへと投げつけた。パァン！　と、さっきウィーレルの出したシャボン玉が割れた時のような破裂音が、ボスマーマンの素肌から発せられる。ハルの投擲、水でも効果を発揮するんだな。当たった箇所が出血してぃるし、何より表情が結構痛そう。飲み水を欲する俺であるが、アレは流石に欲しくない。何気に毒入りだし。

「ぬぅん！」

あ、潜った。傷口に毒が入るの覚悟か。男らしい。

「……っ！」

水中から三叉槍の連打か。泥で水が濁っている分、どこから突き出されるかの予想がし難そうだ。水面から槍先が出てからの回避ともなると、ハルも躱し切れずに傷を負ってしまっている。向こうが水中で加速する一方、ハルは水中目掛けてドッガン杖を振るっても威力半減。これは少しばかり相性が悪いか？

「ヴァイオボム！」

なんて事はなく、ハルはあくまで冷静だ。怯む事なく毒水の塊を水中に向かって放ちまくっている。もう海の下は真っ黒だ。これはボスマーマンの傷口に染みる。想像するだけでも痛い。そして俺の口の渇きもやばい。

「はい、ウィー特製のミネラルウォーターです。よろしければどうぞ」

「おお、悪いな。ちょうど喉が渇いて死にそうなところだったんだ」

ナイスタイミング。俺は千奈津神から水筒を受け取り、グッと喉を潤す。うん、よく冷えてる。この辺りが気の利いている奴と、そうでない奴との違いだな。さて――

「で、いつから気付いていたんだ？」

――俺に水を渡してくれた千奈津さんや。当然のように年頃の娘が横に立たれちゃうと、おじさん恥ずかしくて困っちゃうよ。

「ついさっきですよ。デリスさん、やっぱり付いて来ていたんですね」

「まあ、やっぱり心配だったし。この様子を見るに、取りこし苦労だったみたいだけどな」

いつ発見してくれるかドキドキもんだったよ。徐々に徐々に距離を詰めていったから、流石に発見されてしまったらしい。いや、別に言い訳をしているんじゃないぞ？　弟子達の感知能力を測っていたのだ。発見したのは気配り上手な千奈津だったか。

っと、そうこうしているうちにハルの方にも変化があった。熊の鮭取りに似た動作で、ハルがドッガン杖を使ってボスマーマンを水中から引っ張り出している。攻撃のタイミングに合わせた、完璧なカウンターだ。

「あれも象形拳の一種なんかねぇ。もうドッガン杖を手足みたいにコントロールしてるし、いっぱしに使いこなしてるな」

「悠那ですからね。進化する事を止められない性質なんです」

「ところで千奈津、俺を発見した事は秘密にしておいてくれないか？　ハルに見栄を張った手前さ」

「それは問題ないですけど……そのお弁当、どうしたんです？　妙に茶色なおかずばっかり」

「いやー、肉食って体力付けろっていう、あいつの愛かな？」

　お蔭様で、走った分のカロリーは十分に補充できてます。ええ、本当に……

「ふっ！」

「が、はっ……！」

　突き出された槍を摑んだハルは、片腕でボスマーマンを背負い投げした。全身を海の水面へと叩き付けられた音ときたら、本日の最大音量だったかもしれない。どこかで聞いた事があるっけな。猛スピードで水面に叩き付けられると、コンクリートに落ちるのと同等の衝撃になるって話。今、彼の痛みはそんな感じなんだろう。どうやらこれで、決着がついたらしい。

「良い勝負だったな。飯の肴として見るには、もってこいな盛り上がりだった」

「予想以上に苦戦していましたね、悠那。敵の海魔四天王というのも、なかなか侮れない存在です。あんなのが、あと3体もいるなんて……」

「いや、あとは実質2体だよ。動ける奴は」

「……デリスさん、もしかして何か知ってます？」

「知ラナイヨ？」

おお、千奈津のあからさまなこの表情も久しぶりな感覚だな。懐かしい事この上なし。

「冗談だよ。まあ、ある程度は敵方の規模を把握はしてる」

「ハァ……その様子だと、教える気はないみたいですね」

「千奈津は話が早くて助かるなぁ」

「嬉しくないです」

ぷいっと千奈津に顔を逸らされてしまった。いくら可愛い愛弟子達だからといって、甘やかすのは厳禁だからな。『支配欲』のフンド君を撃破するまでは、何とか自力で頑張ってもらいたい。俺はあくまでも必要最小限のお膳立てをして、遠くから見守るだけのポジションなんだ。しかしその仕草、少しだけネルに似てきた気がするな。弟子は師匠に似るもんなんかねぇ。

「さ、ハルが敵のボスを倒した事だし、千奈津もそろそろ戻れ。敵軍は倒したが、ここからがある意味で本番だ。あの生真面目そうなボスから情報を引き出すのは、なかなか骨が折れそうだぞ」

「もう、楽しそうに言ってくれるんですから……デリスさん、愛妻弁当だからって、無理に全部食べる必要はないですよ？　無理なものは無理と妻に言ってこその家族、それで健康を損なって悲しむのはネル師匠ですから。それではっ！」

「あ、うん。頑張れよー」

俺の隠れていた岬の茂みから飛び出して、千奈津は足早に去って行った。帰り際に海中の解毒作業も忘れずに、隅々を入念に点検している。ハルもそんな千奈津に気が付いて、気絶したボスマーマンを引きずりながら近付いて行った。

「……本当にしっかりしてるのな、あいつ」

そうなると、この弁当の感想を何と伝えるかが課題になる、か。……やべぇ難題だ。

世界の中心、ユダの大陸。古ぼけた城の外は嵐に包まれ、雨あられがひっきりなしに城壁を叩いている。また、外の荒々しさを真似るように、城の中でも暗雲とした雰囲気が場を支配していた。

「――ふん。息巻いていた割には、随分な結果じゃない。海……何四天王だったかしら？　貴方が手塩にかけて育てた幹部、あんな人間の少女に敗北するなんてね」

「……」

喧嘩腰の口を開いたのは、妖艶な魔王服を身に纏った『堕鬼』リリィヴィア。当然その矛先は、隣の席に座る『支配欲』のフンドに向けてのものである。別にリリィヴィアの手柄という訳ではないのだが、彼女はやけに突っかかっていた。

彼の前には映像を映し出すマジックアイテムが置かれており、そこには海魔四天王グストゥスと、1人の少女が戦う光景が映し出されていた。わざわざ彼女の側近である黒が、この映像を映す為に出張っているらしい。音は出ないが、映像は鮮明だ。成長間近のレベル6であるグストゥスを負かすからには、この少女は只者でないとフンドは分析。恐らくは、国が認める勇者の1人であると考えている。

自身の右腕とも呼べる四天王の敗北は、彼の軍勢に大きな打撃を与えるものだ。しかし、だからといってフンドはこの件に関して激怒するような事はしなかった。相手は精々レベル4から5が関の山であると勘定していた魔王たる自身の責任であるし、リリィヴィアの指摘は尤もな話だったからだ。作戦、軍の統制方法など見直す点は多く、彼はグストゥス同様に反省していた。

……ただ、1つだけどうしても納得のいかない事もあった。

（何でまた、大八魔が勢揃いしているんだ!?　しかも全員……！）

つい先日『第1回、大八魔同士争うのは止めよう、でねぇと殺すぞ！　会合』による召集を受けたばかりだというのに、今日になって再び呼び出しがかかったのである。フンドは来たるジバ大陸攻略の為、軍の編成などで忙しい身であったのだが、大八魔をも揺るがす大事件が起こったのかと大急ぎでここにやって来た。やって来たのだが、実際のところ行われていたのは、自身の部下と勇者が戦う光景を映し出した鑑賞会だった。しかもフンドの指摘通り、大八魔の全員がしっかりと出席している。やっぱりこいつら暇してるんじゃないかと、フンドは頭を抱えたい思いだった。

だが、彼は堪える。これは大八魔になったばかりの自分に対する試練だと捉え、吐き出したい負の感情を鎮める。この辺りの所作が、有象無象の魔王とは一線を画す所以だろう。

「まあまあ、リリィちゃん。その辺にしておきなよ～」

「ママは黙ってて。これは私の問題よ」

「うわーん、娘が反抗期になった～」

「マリアよ、それを言うなら大分前から反抗期じゃ。お主が幼かった頃によく似ておるよ」

「そんな事ないもん！　マリアはもっと可愛かったもん！」

「まあまあ、喧嘩は良くないよ。折角こうして特別会合、２人は書類にサインする事になるのか？　フンド君の侵略作戦を見守るの会！　を開いたんだ。厳格な審査役としては、正式な宣戦布告の書類にサインするまで、お互いに威嚇はしないでほしいかな」

大八魔のトップ3も、当然とばかりにこの場に揃っていた。この会合の元凶らしい『摩天楼』のアガリアは、そんな言葉を投げ掛けつつも楽しそうに様子を眺めているようである。

「勇者の連合を打ち倒す事、要はジバの大陸を掌握しない限りは、堕鬼が書類にサインする事はない、だったか」

「そういう約束だったでしょ？　今更になって履行できないなんて言わないでしょうね？」

「ふっ、そんな事を言うつもりはない。ただ、余の予想よりも勇者が手強かったのも真実。ならば、それ以上の戦力をぶつけるのが王道であろう？」

フンドは席から立ち上がる。

「知らない道ね。私、邪道しか知らないから」

「何や、新人君もう行くんかいな？　相変わらずせっかちやな～」

「でも、次の手をどう打つかは決まっているみたいだね。良いよ、僕が許そう。その代わり、次はきっちり勝ってくれよ？　大八魔が負けるとはつまり、その資格がないって事になっちゃうからね」

「……深く胸に刻んでおこう」

「難儀な性格やねぇ……ちょい待ち、これを持っていき」

『畏怖』のアレゼルが、緑色の液体が入った小瓶をフンドに投げてよこした。

「これは？」

「世界樹のエキスを凝縮させた秘薬や。知り合いに聞いた話なんやけどな、この世で起こる最たる絶望は、倒し掛けた魔王が完全回復する事らしいで？　餞別代わりの特別サービスでタダにしといたる」

「……恩に着る！」

部屋の扉が開かれる。頂に立つ者達の視線をその背に浴びながら、フンドは出陣した。

◇　◇　◇

バタンと扉が閉まり、フンドの通路を歩く足音が遠ざかっていく。完全にその音が消えたのを確認して、残った大八魔達は座談会を再開するのであった。

「フハハハハ！　先日もそうでしたが、アレゼル殿はフンド殿の世話をやけに焼きますなぁ！　何か良からぬ事でも考えているのですかな!?」

鋼の騎士鎧、『機甲帝』のゼクスが高笑いを上げる。その口調は非常にテンションが高いもののようだが、声は機械的なのでちぐはぐな印象を受けてしまう。

「何やゼクスはん、嫉妬かいな？　男の嫉妬はみっともないでぇ～」

「某(それがし)、確かにアレゼル殿と同盟を結んではおりますが、そういった関係になるのは遠慮したいですな。女性はもっとこう、メタリックでないと」

「どういう女や……しかも、あたしがフラれたみたいで癪(しゃく)やな。全く、世界の男共は何でこんな美少女を放っておくんかなぁ？　エルフやで、エルフ？」

「アレゼルはお金が恋人って感じだもんね～。マリアみたいに可愛げがあれば、すぐに相手が見つかるよ♪」

「マリアはんがモテるのは、特殊な性癖の方々にやろ」

「ちょっと!?」

「それだと私のパパが変態みたいじゃない。実際そうかもしれないけど、私の名まで穢(けが)れるから吹聴(ふいちょう)するのは止めて」

「リリィちゃん!?」

「ズズズッ。む、もう空か。オレンジジュースとやらを注いで来る。少し席を外すぞ」

「あ、僕の分もお願い」

「ワシの煎餅も」

「例の戸棚の下であるな。少し待てい」

大八魔第四席『竜王』のリムドが席を外している間にも、大魔王達の無駄に無駄を重ねた無駄話は続いていた。

「しっかし、あのデリスとネルでさえくっついたんやで？　族長がそろそろ孫が見たいとか言い出すこの昨今、あたしとしては微妙な心境やわ～」

「ちょ、アレゼル！」

「あん？」

だから、つい気を抜いて話してしまう事も、1回や2回はあるものだ。リリィヴィアとアレゼルは、デリスとネルから結婚については秘密にしておくようにと、何度も何度も厳重注意されていた。

「え!?　何々、黒と紅がどうしたって!?　僕にも聞かせて！」

「隣にいた某、しかとこの耳で聞きましたぞ！　黒殿と紅殿がくっついた、つまるところ婚約されたとか！　フハハハハハ、これはめでたい！」

「うわ、やったじゃん！　マリア、式にはおめかしして行かないと～」

「それは真か？　ううむ、大八魔第二席として、祝いの品の1つも贈らねばな。で、式はいつ行うのじゃ？」

「アレゼル、それは言わない約束でしょうが……」

「あ、しもうた！　すまん、つい！」

気付いた頃には時すでに遅し。話は大八魔全体へと瞬く間に広がっていくのである。

ちょうどそこに、お盆にオレンジジュースを注いだコップ2つと茶菓子用の煎餅を載せたリムドが戻って来た。

「待たせたな。む、何を騒いでいるのだ？」

「リムド、聞いて聞いて～。黒と紅が――」

「ママ、ストップ！　スト――ップ！」

魔王モードのリリィが取り乱したのは、実に久しぶりの事であった。

――修行37日目、終了。

<ruby>桂城悠那<rt>かつらぎ はるな</rt></ruby>

16歳　女　人間
職業：魔法使いLV6 (610/700)
HP：3170/3170
MP：1160/1160 (+250)

筋力：1689	知力：439
耐久：921	器用：1373
敏捷：981	幸運：507
魔力：885 (+150)	

スキルスロット

◇格闘術　LV100	◆調　理　LV100
└─格闘王　LV65	└─超　理　LV20
◆闇魔法　LV100	◇跳　躍　LV100
└─闇黒魔法　LV41	└─空　蹴　LV18
◆杖　術　LV100	◆演　算　LV64
└─杖　王　LV74	◇装　甲　LV72
◇快　眠　LV77	
◇回　避　LV100	
└─脱　兎　LV37	
◇投　擲　LV100	
└─投　岩　LV75	
◆魔力察知　LV100	
└─魔力網羅　LV11	
◇強　肩　LV100	
└─超　肩　LV47	

ろくさい　ちなつ

鹿砦千奈津

16歳　女　人間

職業：僧侶LV6（620/700）

ＨＰ：1170/1170

ＭＰ：1420/1420

筋力：898	知力：1666（+150）
耐久：513	器用：224
敏捷：1164	幸運：983
魔力：910（+150）	

スキルスロット

◆光魔法　LV100
└── 光輝魔法　LV87

◆演　算　LV100
└── 高速思考　LV99

◇回　避　LV100
└── 脱　兎　LV52

◇危険察知　LV100
└── 危険網羅　LV97

◇剣　術　LV100
└── 剣　王　LV64

◆鼓　舞　LV100
└── 御　旗　LV53

◆加　護　LV81

テレーゼ・バッテン

16歳　女　人間

職業：魔法使いLV5（300/400）

ＨＰ：2840/2840

ＭＰ：1560/1560（+170）

筋力：287	知力：119
耐久：1363	器用：1
敏捷：1	幸運：1
魔力：539（+100）	

スキルスロット

◆杖　術　LV100
　└── 杖　　王　LV11

◇防御術　LV100
　└── 防御王　LV20

◇装　甲　LV100
　└── 鉄　　壁　LV29

◇根　性　LV100
　└── 鉄　　心　LV32

◆土魔法　LV100
　└── 大地魔法　LV9

◆魔力温存　LV80

ウィーレル・ヨシュア

14歳　女　人間

職業：魔法使いLV6（662/700）

ＨＰ：2910/2910

ＭＰ：1975/1975（+250）

筋力：236	知力：899
耐久：145	器用：775
敏捷：184	幸運：703
魔力：1211（+150）	

スキルスロット

◆水魔法　LV100
└── 水彩魔法　LV100
　　└── 蒼龍魔法　LV11

◆杖術　LV100
└── 杖王　LV24

◆魔力察知　LV100
└── 魔力網羅　LV67

◇歌唱　LV100
└── 歌姫　LV79

◇水泳　LV87

◆薬草学　LV86

◆演算　LV74

アレゼル・クワイテット

?7歳　女　エルフ

職業：（自称）商人LV？（?/?）

ＨＰ：商人は体力勝負や!

ＭＰ：ぶっちゃけ魔法とかはあんま……

筋力：大八魔ん中では一番非力やで!

耐久：大八魔ん中では一番か弱いで!

敏捷：大八魔ん中でも一二を争うで!（+?）

魔力：エルフにしては低い？　うっさいわ!

知力：金色の頭脳でバンバン稼ぐで!

器用：商人らしく器用やでー、

だってほら、商人やし？（+?）

幸運：金運商運があればええんや!

スキルスロット

◆窃　盗　LV100

└─ 大泥棒　LV100

└─ 国　盗

LV云々なんて会得してないで!

勝手に見んなや!! 金払え!!!

マリア・イリーガル

妾10歳！　女　妾吸血姫！

職業：アイドル! LVすっごい!（?/?）

HP：妾はとっても病弱なんだよね。
体力も全然なんだ～。（+?）

MP：魔法は得意だよ! ヴァカラ爺には負けるかもだけど～。

筋力：最強パワー？ ないない、
妾が一番貧弱だって分かってくれるよね？

耐久：妾はとっても儚いの。暴力反対!

敏捷：駆けっこはとっても得意! 多分一番じゃないかな？

魔力：災害的破壊力？
まっさか～。それは言い過ぎだよ～。

知力：歳相応じゃないかな～？ 妾、分っかんな～い。

器用：まあ、アイドルですし？
歌とダンスは得意中の得意!（+?）

幸運：良くも悪くもないのかな？
不自由はしてないよ～。

スキルスロット

◆歌　唱　LV100
└── 歌　姫　LV100
　└── 歌　神
　　LV云々とか色々あるよ！

特別編　ネルの秘密

　国内外のあらゆる者達より恐れられているアーデルハイト魔法騎士団団長ネル・レミュールには、とある秘密があった。誰にも知られていなかったこの秘密、実のところここ最近になって、デリスにだけは話す切っ掛けができていた。ただし切っ掛けだけで、まだ直接話してはいないらしく、新婚旅行へ出発するまでには切り出す予定でいるようだ。で、肝心のその秘密が何なのかというと――

「不味いわね。このウェディングドレス、どうしたものかしら？　もうすぐデリスとハルナが引っ越して来るのに……」

　当時一夜の過ちを経て、デリスと成り行きで付き合っていた頃（一度目の喧嘩別れをするよりも以前）、ネルは喜びのあまり気が昂ってしまったのか、きっらきらのウェディングドレスを先走って作ってしまった事があったのだ。冒険者時代に稼いだ財産の一部を、惜しみなく使って作られたそのドレスは、まるで一国の王族が纏うそれの様。こっそりと完成させたドレスを眺めながら、かつてのネルは結婚式に夢を膨らませていたのである。

「まあ、あの後に別れたりまた付き合ったりを繰り返して、結局使う機会がなかったのよね、これ。でも、そんな不遇な扱いはもうおしまい。当時の想いを全部背負って、私はこのドレスを式で着る！」

気合いが入ってしまったのか、目にも留まらぬ勢いで思わず剣を抜いてしまうネル。

「――のは良いんだけど、やっぱりチナツやハルナに見られるのはちょっと恥ずかしいというか、沽券に関わるし、うん、秘密にしておきたい。だって、一番に見せるのはデリスって決めているし……いえ、でもでも、何年も前から準備していただなんて、デリスが聞いたらどう思うかしら？　重い女とか思われちゃう？　う～ん……これは要検討、要熟考ね！　暫くは隠す方向で！　まあ、デリスならきっと分かってくれると思うけど！」

かと思えば急に乙女チックな表情となり、剣の持ち方も少々そんな感じに。とてもではないが、弟子の千奈津や部下の騎士達には見せられない姿である。

「っと、いけないいけない。今は超絶幸せ光景を妄想する時じゃなかったわ。にしても、本当にどうしたものかしらね。今の今まで自室の隠し扉の中に置いていたから、チナツにはバレていなかったけど、デリスと一緒に住むとなると……そうもいかないのよね！　打ち明けるにしても、やっぱり落ち着く時間は必要だと思うし！」

一旦決心を固めながらも、寸前になって秘密を共有する勇気が出せない様子のネル。いつもの迷わず突貫スタイルは、一体どこに行ってしまったのだろうか？

「保管機能があるマジックアイテムに入れて、それとなく置いておく？　いえ、駄目ね。

デリスは尋常でないくらいに目ざといし、それじゃあ安心はできないわ。その中に隠しておくにしても、置き場所は考えておかないと。うう～ん……」

普段頭を悩ませる事なんて殆（ほとん）どないネルが、悠那（はるな）が頭より黒煙を出すほどに悩んでいる。こう言っては何だが、本人は本気（マジ）で真剣（マジ）なのだ。とりあえず、ドレスは宝石箱型マジックアイテムにしまっておく。

「……悩んでばかりいても始まらないわね。少し体を動かして、リフレッシュしましょ」

ネルは自分にそう言い聞かせるようにして、宝石箱を片手に自室を出た。向かう先は地下、ネルの専用鍛錬場である。視界に入ったメイドを呼び止めて、鍛錬場周辺の人払いをついでにしておく。

「到着、と。ハルナが来たら、ここでチナツと一緒に稽古をつけてあげるのも一興かしら？　あの子なら、きっと喜ぶでしょうね。フフフ」

そんな独り言を交えつつ、鍛錬場の奥へ奥へと歩みを進めて行く。ネルが目指すは鍛錬場の最奥にある重厚な鋼鉄の扉、この奥に潜むモノこそ、ネルが今最も求めているものだった。

「さっ、出て来なさい」

――ゴゴゴゴゴゴッ……！

ネルが扉に手を掛けた次の瞬間、重量感たっぷりな鉄扉の開閉音がこの空間に鳴り響いた。次いで開けられた扉の先、その闇の中よりズズズという、這いずるような音が聞こえて来る。ネルはその音を奏でる主が出て来るのを、その場で仁王立ちしながら待ち侘びていた。

「遅いわよ、アラルカル」

ネルの目の前に現れたのは、青色のスライム——言ってしまえば、そう遠くない未来に悠那達と戦う事になる、大八魔第六席の前任者アラルカルであった。心なしかネルの言葉に申し訳なさそうにしながら、その弾力感溢れるプルルンボディを揺らしている。

「悩み事はただ黙って考えるより、散歩みたいな軽い運動を挟んだ方が捗るものよね。という訳で、早速お願い！」

——ギッ！

ネルの合図を皮切りにアラルカルの体が弾け、何本もの触手が飛び出していく。もちろん攻撃目標は、アラルカルの直ぐ傍にいるネルだ。ほぼほぼゼロ距離からとなるアラルカルの攻撃は、言うなればこめかみに銃口を当てて、その状態から銃弾が発射されるようなもの。このような行為は、普通であれば自殺行為でしかない。

「んー、金庫の中は尚更怪しまれるだろうし……いっその事、ベタにドレッサーの上に置いておく？　いえ、駄目ね。マジックアイテムを自作できるデリスなら、一目見ただけで普通の宝石箱じゃないって分かっちゃうだろうし……」

が、現在そんな行為を実行しているのは、彼のアーデルハイトの最終兵器ことネル・レミュール。軽く散歩中をするノリで、考え事をしながらアラルカルの攻撃全てを手ではたき落としていた。それはもう、パシンパシンと気持ち良いくらいにはたき落とされている。フェーズ1の状態とはいえ、この展開はあまりにアラルカルが不憫過ぎた。

しかし、アラルカルとてこのまま終わる気はない。この圧倒的不利な状態を察知したのか、彼女は触手の一部を集結させて、巨大な掘削機を作り出した。真正面から勢い良く突貫する最悪の凶器は、これまでの攻撃より段違いに速く、そして威力のある一撃で――

「ん、準備運動おしまい。はい次、フェーズ2」

――パシン。スガガガッ……

掘削機アタックは無事にはたき落とされ、そのまま床を削る結果に終わった。不思議と轟音に近い筈の採掘音が、酷く悲しんでいるように聞こえてくる。悲しいかな。近い未来に悠那達を苦しませる事になる猛撃も、『殲姫』の前では小煩いハエに対するそれと、対処法が同じになってしまっている。

その後、体内に有するコアをデコピンで弾かれたアラルカルは、指導によって躾けられた通り、フェーズ2へと移行。それまでのノーマルスライムサイズから、天井まで頭の届く巨大スライムサイズへと膨張を開始した。一方、ネルはアラルカルが膨らんでいる時間を利用して、一定の距離まで離れるようだ。しかし、その足取りはなぜか重い。擬音で表すとすれば、とぼとぼ、な感じである。

「ハルナとチナツは注意しておけば何とでもなるけど、一番の問題はやっぱりデリスよね。ハァ、素直に言っちゃえれば凄く楽なのに、私ってばもう……」

どうやらネルは、素直に打ち明けられない自分に落ち込んでいるようだ。ただし、そんな態度と足取りとは真逆に、その手には剣がしっかりと握られ、チャキンという抜刀音が小気味好く奏でられていた。剣の刃には炎こそ灯っていないが、ネルが剣を抜くというその動作だけで、周囲には圧倒的なプレッシャーが放たれ始める。巨大化したアラルカルも凄まじい圧を放っている筈なのだが、ネルのそれと比較すると、どうも見劣り、というか逆に恐怖しているようにさえ思えてしまう。

「……よし、決めた。私、デリスにぶっちゃけるわ！」

意を決したように顔を上げたネルが、それと同時に一歩前へ踏み出した。その一歩はアラルカルフェーズ2が起動するスタートライン、巨大なスライムボディはその全身を一斉に震わせ、実に様々な兵器を形作る。

「デリスにさえ伝えてしまえば、先に教えたいっていう私の願いが叶うし、後の弟子達はどうとでもなる！　要は勇気、そう、勇気が肝心なのよ！」

更に一歩歩み出るネルに対し、アラルカルは総攻撃を開始した。重機や架空兵器の雨霰が降り注ぎ、ネルを蹂躙せんと迫る。

「勇気を得るには実戦が手っ取り早い！　濃厚な戦いを乗り越えるほどに、勇気の強度は増していく！　という訳で、もっとガンガン来なさい！　温いとそのコアぶった斬るわよ!?」

だがしかし、それらの攻撃はネルの振るう斬撃によって、羊羹の如くスパスパと切り分けられてしまう。明らかに剣の刃の長さ以上に斬撃が伸びているが、そこはまあネルだし……と、さっさとツッコみを諦めるしかないだろう。更に今のネルは興が乗っているせいなのか、心なしか素手で攻撃をはたき落としていた時よりも、その迎撃の応酬は速く、斬る度にギアを上げているようだった。

そんな熾烈極まる戦いとは打って変わって、ネルの歩み寄る速度は平均的なものだ。じわじわ、じわじわ――フェーズ2の終了条件であるコアへの接触をせんと、じわじわと迫り寄る。パワハラとも取れる発言も相まって、アラルカルとしては逆にさっさと終わらせてほしい心境なのかもしれない。感情がない彼女ではあるが、本能的にやべぇと感じるところは、存分にやべぇと感じているのである。

「よし、ほんのり温まって来たわ。次！」

斬られた総回数幾千万回、漸くコアに触れてもらえたアラルカル。全身からニョキニョキと生成し続けていた武器群がピタリと止まり、巨大プルルンボディは次なる変化を遂げようとしている。ネル式仮想訓練フェーズ3、アラルカルによる最大攻撃の放出、その準備である。

――ギ、ギ、ギギギッ！

サイズはそのままに、鍛錬場の床にムカデのような足型の根を張り始めるアラルカル。そして彼女の中心部ではコアが激しく輝き出し、戦車砲を模した巨大な筒が、ネルへと矛先を向けていた。

「んー……コアが一個だけだから、あの時みたいな威力は出せないのが難点なのよね。あの頃の私が、怖いもの知らずのピークだったのだけれど」

眼前でガリバリゴリと、何やら凄まじい轟音と共にチャージが成されているというのに、ネルはどこか物足りなそうな表情だ。ネルの脳裏に浮かぶはかつて大八魔であった時の、完全体アラルカルの禍々（まがまが）しい姿。あの時はもっとコアが満載で、この攻撃も凄かったっけと、しみじみとした気持ちになっているらしい。

「まあ、他のコアをぶった斬ったのは私だし、文句も言うに言えないのよね。という事で、今はこれで妥協。うん、妥協する事もまた勇気！　さっ、盛大にぶっ放しなさい！」

眩（まばゆ）い閃光（せんこう）が鍛錬場一帯に広がり、轟音の後に一瞬の静寂が訪れる。1秒か、2秒か。その間に広がった光が、戦車砲の先端に集束していき――アラルカルの全力が今、解き放たれた。

「ふんっ！」

対するネルが、アラルカルの砲撃を視認してから一瞬で放ったのは、一太刀の斬撃だった。但しその斬撃は炎を帯び、更には宙を舞う非常識な代物でもあった。この場において何を常識的と定義するのかは不明だが、何よりも非常識だったのは、その斬撃の威力だ。

――ズガガガァーゴオォォ――――ン！

アラルカルの砲撃と衝突した後、触れた瞬間に全てを斬り尽くし焼き尽くしたネルの斬撃は、そのままアラルカルの本体を一刀両断。それでも威力は衰えず、アラルカルの背後にあった扉をも破壊してしまうのであった。結果、その射線上にあった物体は諸々破壊される。

「……よっし、幾分かはスッキリ！　これで心の準備が整ったわ！」

ガランゴロンと扉の残骸が床に転がる中、ネルは実に爽快そうな顔を決めていた。今日一番の笑顔である。

「やると決まれば、今日のうちにやってしまいましょう！　デリスの家に行って、あ、でもその前に手土産の一つでも買って、それからそれから――」

そんな感じでネルが本番のイメージトレーニングをする中、一刀両断されたアラルカルはスライムボディの修復を完了させていた。どうやらコア部分は無事だったらしい。流石のネルも、その辺りはしっかりと配慮していたのだろうか？　兎も角、無事に復活を果たしたアラルカルは、この鍛錬中に破壊された鍛錬場の施設、特に扉周りの修復へと着手する。破損した施設のアフターケアまで受け持つのだから、ネルの躾は侮れない。というか、尋常でなく優秀である。

「……」

ふと、ネルが修復作業に没頭するアラルカルの姿を目にする。それまで話していた独り言はピタリと止まり、ただただじーっとその作業を見詰めているのだ。つい先ほどまでネルに斬って燃やされていた当のアラルカルは、そんな視線を一身に浴びて生きた心地がしなかっただろう。スライムなのに汗だくな状態だ。

「そ、その手があったかぁ！　アラルカルぅ――――！」

突如として突貫を開始するネル。その行先に指定されたアラルカルは、ギョッと体を震わせ飛び上がった。しかし、それ以上はどうする事もできず、扉の残骸を触手で持って、わたわたと戸惑うしかない。

――ダァ――――ン！

突貫して来たネルが片腕を壁に叩き付けながら（壁に蜘蛛の巣状の亀裂が深々と発生）、混乱するアラルカルを凄く良い笑顔で見下ろしている。見方によっては心ときめく壁ドンな体勢、しかしアラルカルに逃げ場はなく、彼女にとっては頗る嫌な壁ドンでしかなかった。そして笑顔を作るネルの口が、ゆっくりと動き始める。

「アラルカル、貴女ってば曲がりなりにも大八魔だったのだから、とっても優秀な筈よね？　それに、貴女がいつも待機している部屋って灯かりがないから、外からは暗闇で何も見えないのよね？　更にこの場所は私以外立ち入り禁止区域、チナツやハルナは言いつけを守って入って来れない——つまるところ、優秀な門番に適切な隠し場所、私の厳命が加わって、絶対にバレない領域の完成じゃないの！　もう、私ったらこんな身近にあった素晴らしい隠し場所を、何で直ぐに思いつかなかったのかしら？　ま、いっか！　最終的には辿り着いたのだから！」

　不穏な態度から一転して、諸手を挙げて歓喜するネル。アラルカルは未だに状況を理解していない様子だが、自身の過失によるものではないとだけ理解し、取り敢えずネルと一緒になって喜んでおいた。わっしょいわっしょいと、扉の残骸がお手玉の如く舞い上がる。

「早速ドレスを収納したこの宝石箱を、奥の部屋に置いておきましょう。これで完璧、完璧よ！　あれ？　でも、これなら無理してデリスに言う必要も——」

「——俺がどうしたって？」

「……え？」

　不意に聞こえてきたのは、ネルのよく知る愛しい声。だが、今ばかりは素直に歓迎する訳にもいかず。ネルは声のする方へと、ギギギと壊れかけの機械のように振り向いた。予想通り、そこにはデリスの姿が。

「よう、引っ越す前に挨拶をと思ってさ。メイドに聞いたら、何かニヤニヤしながらここだって教えてくれたよ。鍛錬中だったか？」

「え、ええ、ええっと、ええと……」

アラルカルの分身体が表に出ているのを確認しながら、デリスが頭を掻きつつそう問い掛ける。問われたネルはというと、未だに頭の整理が追い付いていないようで、手に持った宝石箱を隠す訳でもなく、むしろデリスに見せるような形で振り返ってしまっていた。頭の中が真っ白とは、正にこの事である。

「ん？ それ、保管機能のあるマジックアイテムじゃないか？ 何でそんなものを持って――あ、ああ、なるほど。そうだよな、これから俺達が引っ越すんだ。ネルだって見られたくないものの一つや二つくらい、屋敷に持ってたって不思議じゃないもんな。すまん、ちょっと配慮が足りなかった。でも、気にすんな。今のは見なかった事にするから――」

状況証拠から色々と察した様子のデリス。ただし、少しばかり誤解をしているようにも受け取れた。

「――そ、そんなやましいものじゃないから！ 式で私が着るウェディングドレスが入ってるだけだから！」

「ウェディングドレス？」

「あああっ――――!?」

否定したいが為に、思わず口が滑ってしまうネル。そこからはトントン拍子に隠していた事が明かされ、ずっと前からドレスを作っていた事、恥ずかしくてなかなか言い出せなかった心の内が、デリスに全てバレてしまうのであった。

「恥ずかしい、もう生きていけない……」

地面に両手をつき、深く落ち込んでしまうネル。そんな彼女の背中をアラルカルが触手でさすってあげているが、ネルは一向に元気を取り戻しそうにない。なので、アラルカルはチラチラとデリスに視線を送る事で、「何とかしろ」と密かに訴えかける事にした。本当に凄い躾のされようである。

「げ、元気出せって。ほら、そのドレスはそれだけネルが結婚を楽しみにしていてくれたっていう、心の表れなんだろ？　こそばゆいけどさ、それはむしろ、俺にとっても嬉しい事っつうか……」

アラルカル、「ハッキリ言え」と続けて視線を送る。デリス、マジカと苦笑い。

「……ネル！　俺の為に、そのドレスを着てみてくれないか!?」

「え？　えっ？　い、今？」

「今！　ここで！　俺だけの為に！　その姿を独り占めして、目に焼き付けたいから！」

「そ、そう？　デリスがそこまで言うのなら、うん……」

その後、ネルとデリスはアラルカルの待機部屋の奥へと消えて行った。二人の背中を見送ったアラルカルは、やれやれといった様子で鋼鉄の扉を修復。そして邪魔者が入らぬようにと、扉の前で門番を務めるのであった。

あとがき

『黒鉄の魔法使い5　海魔襲来』をご購入くださり、誠にありがとうございます。某リングでフィットなゲームで、もう若くない筋肉を痛めている迷井豆腐です。WEB小説版から引き続き本書を手にとって頂いた読者の皆様は、いつもご購読ありがとうございます。

黒鉄も遂にコミカライズ、そしてコミックスが発売となりまして、原作者としてとても嬉しく思っています。小説の悠那にて可愛らしさを再確認し、漫画の悠那で躍動感溢れる小動物感（肉食）に感動する。つまり二度美味しいって事ですよ！　へへっ、テンション上がってきた！　師匠のデリスも良い味が出ております。なんかこう、デリス感溢れる的な。分からない？　なら見よう！　まだ御覧になっていない方は、無料公開されている分のWEB配信に急げ！

話は変わりますが、筋肉キャラって強くあるべきだと思いませんか？　だって、筋肉があるんですよ？　鋼の肉体、うなるパワー、これが弱いはずがない。だというのに、創作ものでは雑魚キャラとして処理される機会が多過ぎると思うのです。仮に最強でなくとも、見た目に伴う強さはあるべきだと、筆者は思うのです！――という訳で、次回に期待しましょう。

最後に、本書『黒鉄の魔法使い』を製作するにあたって、素晴らしき大八魔を仕上げてくださったイラストレーターのにゅむ様、そして校正者様、忘れてはならない読者の皆様に感謝の意を申し上げます。

それでは、次巻でもお会いできることを祈りつつ、引き続き『黒鉄の魔法使い』をよろしくお願い致します。

迷井豆腐

作品のご感想、
ファンレターをお待ちしています

あて先

〒141-0031
東京都品川区西五反田7-9-5 SGテラス5階
オーバーラップ文庫編集部
「迷井豆腐」先生係／「にゅむ」先生係

黒鉄の魔法使い 5
海魔襲来

発　行　2020 年 4 月 25 日　初版第一刷発行

著　者　迷井豆腐
発行者　永田勝治
発行所　株式会社オーバーラップ
〒141-0031　東京都品川区西五反田 7-9-5
校正・DTP　株式会社鷗来堂
印刷・製本　大日本印刷株式会社

Printed in Japan ISBN 978-4-86554-644-6 C0193